Cornelia Funke

De Wilde Kippen Club
Groot alarm!

Amsterdam · Antwerpen
Em. Querido's Uitgeverij BV
2007

www.wildekippenclub.nl
www.queridokind.nl

Oorspronkelijke titel: *Die Wilden Hühner – Fuchsalarm*
(Cecilie Dressler Verlag, Hamburg, 1998)

Vertaling: Esther Ottens

Omslagillustratie en illustratie pagina 4: Juliette de Wit

ISBN 978 90 451 0559 8 / NUR 283

Voor alle Wilde Kippen,
en vooral voor Lina, Henrieke en Lynn

Kort voorwoord

Voor iedereen die ze nog niet kent: daar links, dat zijn de Wilde Kippen: Sprotje, Roos, Melanie, Kim en Lisa. Samen vormen ze een echte meidenclub. Soms komen ze alleen maar bij elkaar om thee te drinken, maar ze hebben samen ook al echte avonturen beleefd. Ze hebben achter een spook aangezeten bijvoorbeeld, een schat gezocht en midden in de nacht met een net vier jongens gevangen.

Die vier jongens komen ook in dit verhaal voor. Ze heten Fred, Mat, Steve en Willem, noemen zich de Pygmeeën en hebben allemaal een ringetje in hun oor. Het fiasco met het net hebben ze allang verwerkt. Ze zitten bij de Kippen in de klas en zijn de trotse eigenaars van een zelf gebouwde boomhut. De Wilde Kippen hebben tot hun grote verdriet nog geen eigen clubhuis...

Maar genoeg gepraat. Het wordt tijd dat het verhaal begint. Daar gaan we dan, met een nieuw avontuur van de Wilde Kippen!

Roos nam net een tweede bord lasagne toen de telefoon ging.

'Téééléfoon!' brulde haar kleine broertje Luca. Van opwinding kieperde hij zijn appelsap om.

Titus, de grote broer van Roos, schoof grijnzend zijn stoel naar achteren. 'Wedden dat het Roos d'r vriendje weer is?' zei hij en slofte de gang in.

'Ik heb helemaal geen vriendje, verdomme!' riep Roos hem na.

'Roos, vloek niet zo!' zei haar vader.

Luca hield zijn dampende bord onder haar neus.

'Wil je blazen, Roos?' lispelde hij in haar oor.

Roos blies en luisterde intussen naar wat er op de gang gebeurde.

'Jeetje Sprotje, hoe is het mogelijk!' zei Titus zoetsappig aan de telefoon. 'Sinds wanneer kunnen Kippen bellen?'

In een tel stond Roos naast hem en griste de hoorn uit zijn handen. 'Wat is er?' vroeg ze. 'Sorry, maar ik dacht...'

'De vos komt eraan, Roos!' fluisterde Sprotje in haar oor. 'Hoor je me?'

'De vos?' Roos liet de hoorn bijna uit haar hand vallen. Titus zat weer aan de keukentafel, maar keek nieuwsgierig haar kant op. Ze ging snel met haar rug naar hem toe staan.

'Ja, ja, de vos!' Sprotje klonk verschrikkelijk opgewonden. 'Telefoonketting! Spoedvergadering om zeven uur. Is jullie kelderbox vrij?'

'Ja maar... Wat is er gebeurd? We hebben nog nooit...'

'Dat vertel ik later wel!' zei Sprotje zacht. Toen hing ze op.

Roos stond als aan de grond genageld. *De vos komt eraan!* In de geheime taal van de Wilde Kippen betekende dat groot alarm, levensgevaar! Alleen in uiterste nood mocht een Wilde Kip vossenalarm slaan. Die regel had Sprotje zelf verzonnen. Roos keek met een diepe frons in haar voorhoofd naar de telefoon.

'Roos, kom maar weer aan tafel,' zei haar moeder. 'Je lasagne wordt koud.'

'Ja, ik kom zo,' mompelde Roos. 'Ik moet alleen snel even bellen.' Haastig draaide ze het nummer van Kim.

'Bogolowski,' murmelde Kim in de telefoon.

'De vos komt eraan!' fluisterde Roos.

'Wat?' klonk het geschrokken aan de andere kant.

'Telefoonketting!' zei Roos. 'Om zeven uur vergadering bij ons in de kelder.'

'O god! Oké. Komt voor elkaar,' stamelde Kim. 'Eh... wacht even. Hoe ging dat ook alweer, die telefoonketting? Moet ik Lisa bellen of Melanie?'

'Jemig, Kim!' Roos kreunde. 'Schrijf het nou eens een keertje op. Jíj moet Melanie bellen en dan belt die Lisa, gesnopen?'

'O... oké,' stotterde Kim. 'Maar vossenalarm? Hoezo dat dan? Weet je het zeker? Wat is er dan gebeurd?'

'Roos!' zei haar vader. 'Als je nu niet aan tafel komt, hang ík wel even voor je op.'

Roos fluisterde: 'Tot zo,' en hing op. Ze ging weer aan tafel zitten en prikte in haar lasagne.

'De vos komt eraan!' fluisterde Titus in haar oor.

'Hou op, dombo,' mompelde Roos.

'Betekent dat iets in jullie kakelgeheimtaal?' vroeg Titus spottend.

Roos gaf hem geërgerd een duw. 'Gaat je geen moer aan.'

Er wordt alleen vossenalarm geslagen als het een zaak is van leven of dood, stond in het geheime clubboek van de Wilde Kippen. O jee.

Wie zou er in levensgevaar zijn? Sprotje? Vanochtend had ze op school nog die billenknijper uit de parallelklas een stomp verkocht...

Luca trok aan haar mouw en kwebbelde aan één stuk door tegen haar, maar Roos luisterde niet. De Wilde Kippen hadden samen al van alles meegemaakt – Sprotjes problemen met haar oma, Melanies pukkelperikelen, Kims scheidingstranen en diëten, Lisa's eeuwige schoolstress en de pesterijen van de Pygmeeën – maar nog nooit had een van hen vossenalarm geslagen, nog nooit! Rattenalarm, ja, dat was wel eens gebeurd, bijvoorbeeld toen de Pygmeeën Melanies dagboek gepikt hadden. En toen de jongens Lisa op spioneren betrapten en meesleepten naar hun hol, hadden ze zelfs marteralarm geslagen. Maar vossenalarm? Nee, dan moest er nog iets veel, veel ergers gebeurd zijn.

9

Roos nam traag een hap koude lasagne. Voerden de Pygmeeën soms iets extra gemeens in hun schild? Nee, die gedroegen zich op het moment juist heel vredig – op Mat na dan, en die, nou ja... Roos werd rood en probeerde aan iets anders te denken. Had Sprotje misschien ruzie met die stomme nieuwe vriend van haar moeder? Maar dan zou ze toch nooit vossenalarm slaan! Nee, dat kon het ook niet zijn.

Een klein dik handje streek over haar gezicht. 'Waar is die vos dan, Roos?' vroeg Luca. 'Eten vossen mensen?'

'Nee, die eten...' Titus graaide naar de veer die Roos om haar hals had, '...kííííppen!'

Boos sloeg Roos zijn hand weg.

'Waarom hebben jullie eigenlijk alweer in onze kelder afgesproken?' fluisterde Titus haar toe. 'Heeft die domme club van jullie nou nog steeds geen nest?'

Roos wierp hem alleen een vernietigende blik toe.

'Hoezo nest?' lispelde Luca en stak een vingertje in de lasagne van Roos. 'Hebben vossen dan ook nesten?'

Roos kreunde, haalde Luca's vinger uit haar bord en veegde een klodder saus van zijn wang.

Helaas had Titus gelijk. De Wilde Kippen hadden nog steeds geen clubhuis. De hut die ze op het braakliggende terrein achter de school van planken gebouwd hadden was bij de laatste storm zomaar in elkaar gestort, en een boomhut, zoals die van de Pygmeeën, was voor de Kippen geen goed plan omdat Sprotje hoogtevrees had. Al zou ze dat natuurlijk nooit toegeven. Het was diep treurig. Achter de kaler wordende bomen lag de winter al op de loer, maar de Wilde Kippen moesten hun clubboek en de kippenschatten nog steeds

in de hooikist onder de kooi van Lisa's cavia verstoppen en hielden hun besprekingen in een tafeltenniskelder. Daar werden ze aan de lopende band gestoord door Titus en zijn vervelende vriendjes, of door Luca, die op geheime clubbijeenkomsten binnenviel met de vraag: 'Mag ik ook een koekje?' en in hun clubboek de mooiste tekeningen maakte. Het was allemaal zo verschrikkelijk irritant.

En nu ook nog dat telefoontje van Sprotje. Vossenalarm... Goeie god! dacht Roos. Wat is er nou toch gebeurd?

Om iets voor zevenen trok Roos de huisdeur achter zich dicht en liep de trap af naar de buitendeur. Bij wijze van uitzondering kwam er eens geen nieuwsgierig broertje achter haar aan. Titus maakte luidkeels ruzie met hun moeder en Luca zat met waskrijtjes op zijn buik te tekenen. Roos hoefde niet lang op de andere Kippen te wachten. Om klokslag zeven uur belde Lisa aan en twee minuten later reden Melanie en Kim hun fietsen de hal in.

'Mogen we onze fietsen hier neerzetten?' hijgde Kim. Ze raakte altijd buiten adem van fietsen.

Roos haalde haar schouders op. 'Tuurlijk, de buren zullen wel weer gaan klagen, maar wat kan ons het schelen.'

'Ik krijg wat van die verkoudheid,' snufte Lisa. 'Nou zijn mijn zakdoekjes alweer op.'

Melanie zette haar fiets tegen de muur en wierp haar een pakje papieren zakdoekjes toe. 'Is Sprotje er nog niet?' vroeg ze pinnig.

Roos schudde haar hoofd. Kim grinnikte. 'Wat zou ze nu weer voor smoes hebben?'

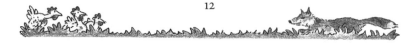

Lisa moest alweer niezen.

'Hé, nies lekker de andere kant op, ja? Ik heb geen zin om ook met zo'n knalrode neus rond te lopen!' viel Melanie uit.

'De vos komt eraan! Ha! Ik moest mijn afspraak bij de dokter afzeggen voor die onzin!'

Lisa zette haar fietshelm af. 'Als het onzin is had Sprotje geen vossenalarm geslagen,' zei ze. 'Krijg je weer een pukkel, of waarom heb je zo'n verschrikkelijk pesthumeur?'

Zonder iets te zeggen keerde Melanie haar de rug toe. Ze begon haar haar te borstelen, dat door de wind helemaal in de war zat.

'Weet je het al? Mat staat buiten,' fluisterde Kim tegen Roos. 'Hij staat naar je raam te staren. Ik dacht dat je het uitgemaakt had?'

'Ik heb het ook uitgemaakt,' mompelde Roos. 'Maar nu denkt hij dat ik een ander vriendje heb. Wat een gezeur zeg. Hij belt de hele tijd op, vraagt of ik thuis ben, of ik bezoek heb. Jullie snappen zeker wel wat ik van Titus allemaal naar mijn hoofd krijg.'

'Hij bespioneert je? Wat romantisch!' Lisa nieste in haar zakdoek en deed de deur open. Voorzichtig loerde ze naar buiten.

'Zie je hem?' Kim boog zich over haar schouder. 'Daar, in dat portiek aan de overkant staat hij.'

'Misschien komt hij helemaal niet voor Roos.' Lisa stak haar hoofd nog wat verder naar buiten. 'Misschien heeft Fred hem gestuurd, als verkenner voor de Pygmeeën?'

'Ga daar weg.' Roos trok de andere twee niet bepaald zachtzinnig de hal in en gooide de deur met een knal dicht.

'Verkenner? Wat een onzin!' Melanie trok spottend met

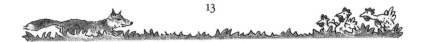

haar mond. 'Toevallig weet ik dat Mat zelfs ruzie met Fred heeft omdat hij de hele tijd achter Roos aan zit.' Fred was de baas van de Pygmeeën. Melanie bukte zich naar het spiegeltje op haar fietsstuur en plukte aan het haar op haar voorhoofd. 'Fred heeft al gedreigd met een boomhutverbod. Maar Mat is gek van jaloezie.' Ze giechelde. 'Schrijft hij je nog steeds van die achterlijke liefdesbrieven?'

Roos keek haar geërgerd aan. 'We zijn hier omdat Sprotje alarm geslagen heeft,' zei ze, 'niet om het over Mat te hebben.' Zonder nog iets te zeggen liep ze de keldertrap af. De andere Kippen volgden haar.

'Toen Roos "vos" zei liet ik van schrik bijna de telefoon uit mijn hand vallen,' vertelde Kim. Ze moest uitwijken voor een spin die zich voor haar neus van het plafond naar beneden liet zakken. 'Snappen júllie waarom ze vossenalarm geslagen heeft?'

'Nee.' Roos maakte de deur van hun kelderbox open en knipte het licht aan. Haar ouders gebruikten de kelder alleen om te tafeltennissen. De rommel stond op zolder.

'Misschien heeft Sprotje een ontvoering zien gebeuren,' snufte Lisa, terwijl ze allemaal hun jas uittrokken. 'Of een roofoverval!'

Melanie rolde met haar ogen. 'Kijk nou! Titus heeft alweer onze posters van de muur gehaald!' zei ze.

Aan de kale muur van de kelderbox hing alleen een bladzijde uit een tijdschrift. Het was een recept met een foto erbij: gebraden kip met amandelen.

'Mafkezen!' mompelde Lisa, die het recept boos van de muur rukte. In een hoek van de kelder stonden plastic tuinstoelen

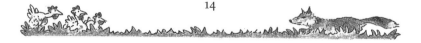

opgestapeld. Lisa en Kim zetten er vijf rond de tafeltennistafel, terwijl Roos weer naar boven ging om proviand te halen.

'Hopelijk kom je zonder broertjes terug!' riep Kim.

Melanie liet zich zuchtend op een stoel vallen en keek knipperend met haar ogen in het licht van het kale peertje aan het plafond. 'Gezellig hoor,' zei ze binnensmonds. 'Echt reuze gezellig is het hier.'

Roos kwam zonder broertjes, maar mét een volgeladen dienblad terug. 'We hebben geluk. Ze hebben het daarboven razend druk,' zei ze. 'Titus helpt mijn moeder het waskrijt van Luca's buik te schrobben. Kijk eens!' Ze zette het blad op de tafeltennistafel. 'Warm vlierbessensap en kruidkoek! Weer eens wat anders dan thee en biscuitjes, toch?'

'Helpt dat ook niet heel goed tegen verkoudheid?' vroeg Lisa hoopvol – en meteen kwam er weer een nies achteraan.

Melanie rook wantrouwig aan het vlierbessensap. 'De Pygmeeën zijn hun boomhut zwart aan het verven,' vertelde ze. 'Het ziet er heel mooi uit.'

'Zoals altijd weet je weer precies wat de jongens uitvoeren, hè Mel?' zei Sprotje achter haar. Ze schopte de kelderdeur dicht, wurmde zich tussen Kim en Melanie door en ging naast Roos op de tafeltennistafel zitten. 'Sorry dat ik zo laat ben, maar er waren twee vrouwen bij ons aan de deur die me per se iets over de ondergang van de wereld wilden vertellen. Ze lieten me er gewoon niet door.'

'Je bent wel eens met betere smoesjes gekomen,' mopperde Melanie. 'En hoe vaak moet ik je nog zeggen dat je me geen "Mel" moet noemen! Waarom heb je vossenalarm geslagen?'

'Merk je dat? Barbie krijgt weer pukkels!' fluisterde Lisa tegen Sprotje.

Melanie keek haar kwaad aan, maar ze werd zo rood als een kreeft.

Sprotje schoof met een somber gezicht haar beugel op zijn plaats. 'Ik heb vossenalarm geslagen,' zei ze, terwijl Roos alle Kippen een beker vlierbessensap inschonk, 'omdat...'

'Wacht even!' Haastig haalde Lisa een ringband uit haar rugzak. De kaft was van onder tot boven beplakt met kippenveertjes. 'Ik moet notuleren!'

'Laat die notulen maar zitten, Lisa!' snauwde Sprotje. 'De vos komt eraan. Weet je niet meer wat dat betekent? Het gaat om leven en dood.'

Kim verslikte zich in haar vlierbessensap. Roos hield haar adem in en Lisa begon zenuwachtig op haar potlood te kauwen. Alleen Melanie fronste sceptisch haar voorhoofd.

'Kom op zeg!' zei ze. 'Hou op met dat toneelspel. Je hebt alleen maar vossenalarm geslagen omdat je dan zeker weet dat we allemaal komen. Gaat het soms om Mat?'

'Doe niet zo achterlijk!' Sprotje sprong kwaad van de tafeltennistafel. 'Voor Mat sla ik niet eens rattenalarm. Die...'

'Wacht...' Melanie knipte met haar vingers. 'De vriend van je moeder wil je adopteren! Dat is het!'

'Hou nou eindelijk eens je kop, Mel!' viel Sprotje uit. Roos keek haar bezorgd aan. Ze zag dat het Sprotje moeite kostte om haar tranen in te houden. Dat kwam niet zo vaak voor. Sprotje huilde niet zo makkelijk als Kim of Roos.

'Mijn oma is van plan om de kippen te slachten,' zei ze zonder de anderen aan te kijken. 'Zomaar. Alle vijftien. Volgende week al. Dat is toch een goede reden voor vossenalarm, of niet soms?'

Een tijdje bleef het doodstil in de tafeltenniskelder. Ze wisten geen van allen wat ze moesten zeggen.

De oma van Sprotje had vijftien kippen: vijf bonte, zes bruine, drie witte en een zwarte. Ze heetten Emma, Isolde, Huberta, Lola en Pavlova, Dollie, Clara, Daphne en Loretta, Ophelia, Dido, Salambo, Ronja, Laila en Isabel. Sprotje had de namen bedacht en de kippen een voor een met een beetje water uit de regenton gedoopt. Sprotjes oma vond namen voor kippen maar niks. 'Sentimenteel gedoe,' zei ze. 'Ik geef mijn spruitjes toch ook geen naam? Kippen neem je omdat ze eieren leggen, niet om vrienden mee te worden. Dat is alleen maar lastig bij het slachten.'

Nu wilde ze de kippen dus inderdaad slachten. Allemaal. Bij de gedachte alleen al werd het de vriendinnen koud om het hart.

Ze gingen zo vaak ze konden bij de kippen van oma Bergman op bezoek. Dat kon natuurlijk alleen maar als Sprotjes oma zelf niet thuis was. Als die had geweten hoe vaak Sprotjes vriendinnen haar ren in slopen om de zachte veertjes van

haar kippen te strelen, was ze ontploft van woede.

'Ze vinden het zo lekker als je ze onder hun snavel kroelt!' zei Kim zacht. 'Dan knijpen ze altijd zo lief hun oogjes dicht.' Ze begon te snikken.

Lisa gaf haar een zakdoekje. 'Jeetje, dat is zeker een goede reden voor vossenalarm,' mompelde ze.

'Sinds vorige zomer heeft ze dríé kippen geslacht!' riep Sprotje uit. 'En we hebben er nooit iets tegen gedaan! Omdat we niet wisten hoe we haar tegen moesten houden of omdat ik het niet op tijd te horen had gekregen. Deze keer móéten we gewoon iets doen! Als ze het echt doet, als ze de kippen doodmaakt en wij doen niets, dan... dan...' Sprotje gaf zo'n harde klap op de tafeltennistafel dat het warme vlierbessensap over haar vingers klotste, '...dan mogen we ons geen Wilde Kippen meer noemen, vind ik. Dan zijn we helemaal niets meer, hooguit Wilde Slampampers of zoiets.' Ze likte het zoete sap van haar vingers.

Roos beet zenuwachtig op haar onderlip.

'Maar waarom?' vroeg Lisa klaaglijk. 'Waaróm wil ze ze slachten?'

'Ze zegt dat ze niet meer genoeg eieren leggen,' antwoordde Sprotje. 'En ze beweert dat de kippen in het voorjaar zo taai zijn dat ze er niet eens meer soep van kan koken. Dus wil ze ze vóór de winter slachten. En in de lente koopt ze weer nieuwe. Zo doen veel boeren het ook. Spaart een hele hoop voer.'

'En als wij dat voer nou eens betalen?' Roos was helemaal bleek om haar neus. 'Dat geld krijgen we vast wel bij elkaar. En we kunnen van thuis restjes groente meenemen...'

Sprotje schudde haar hoofd. 'Heb ik al aangeboden. Wil ze niets van weten.'

'Dat kan ze niet maken!' Kim zette haar beslagen bril af en poetste met trillende vingers de glazen schoon.

'En of ze dat kan!' zei Sprotje verbitterd. 'Ze heeft zelfs al een afspraak voor het bloedbad. Volgende week woensdag. Dan komt die vreselijke Bolhuis na de thee bij haar langs om ze allemaal de kop af te hakken. Hij krijgt er nog twee flessen zelfgemaakte kersenlikeur voor ook.'

Nu kreeg zelfs Lisa tranen in haar ogen. Ze proestte luidruchtig in haar zakdoek.

'Bolhuis? Bedoel je die ellendeling van een buurman, die de hele tijd over de schutting staat te loeren?' vroeg Roos.

Sprotje knikte en streelde het veertje dat aan een touwtje om haar nek hing. Alle Wilde Kippen hadden zo'n clubteken.

'Zeg, hou op!' riep Melanie uit. 'Kijk niet alsof jullie al op een kippenbegrafenis zijn! We gaan ze redden! Dat is toch duidelijk?'

'O ja?' Kim beet op haar onderlip. 'Hoe dan?'

Vroeger had niemand zo tegen Melanie opgekeken als Kim. Maar sinds de scheiding van haar ouders was Kims animo voor alles en iedereen een heel stuk minder. Zelfs Melanie kreeg haar niet meer zo makkelijk enthousiast.

'Sprotje heeft vast al een idee,' snotterde Lisa hoopvol. 'Ja toch?'

Ze wisten allemaal dat Sprotje sneller ideeën uitbroedde dan andere mensen hun veters strikten.

'Nou ja.' Sprotje nam een slok vlierbessensap. 'Zondag gaat O.B. naar haar zus, dus...'

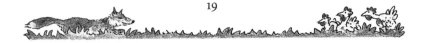

'Wie is O.B.?' vroeg Kim.

'Oma Bergman natuurlijk,' legde Melanie kribbig uit. 'Wat ben jij soms simpel zeg.' Kim boog beschaamd haar hoofd.

'Oké... O.B. gaat zondag naar haar zus,' begon Sprotje nog een keer, 'om met koffie en gebak erbij weer eens lekker ruzie met haar te maken. Dan kunnen we de tuin in sluipen, de kippen in kartonnen dozen stoppen en meenemen. De vraag is alleen waar we ze naartoe brengen.'

Uitgerekend op dat moment vloog de kelderdeur open.

'Hé Kippen!' Breed grijnzend stak Titus zijn hoofd naar binnen. 'Wij willen tafeltennissen. Of hebben jullie de ping-pongballetjes weer eens zitten uitbroeden?'

'Wegwezen!' viel Roos uit. 'De kelder is nog een halfuur van ons. Vraag maar aan mama.'

Nu verscheen ook de beste vriend van Titus in de deuropening. 'Zijn dat die meisjes? Wie is nou dat stuk waar je het over had?'

'Die daar!' Titus schoot een propje papier in Melanies haar.

Melanie keurde hem geen blik waardig, maar een gevleid lachje kon ze toch niet onderdrukken.

'Wat denk je ervan, Lisa?' fluisterde Sprotje.

Lisa snoot haar neus, legde haar notulenboek op de grond, stond op en slenterde naar de jongens toe.

'Zo grapjassen,' zei ze met het vriendelijkste lachje van de wereld. 'Leuk om anderen een beetje te pesten hè?' Toen haalde ze bliksemsnel haar waterpistool uit haar mouw en spoot ze allebei een straal zeepsop in het gezicht.

Vloekend deinsden de jongens achteruit. Lisa wierp zich

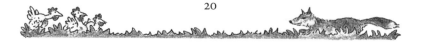

als een woedende terriër tegen de kelderdeur. In een tel stonden Sprotje en Kim naast haar en zetten hun schouders ertegen, terwijl Titus en zijn vriend scheldend en tierend hun reuzenvoeten tussen de deur probeerden te krijgen. Maar toen Melanie en Roos de andere Kippen te hulp schoten, hadden de jongens geen kans meer. Titus kon nog net zijn hand terugtrekken voor de deur met een klap dichtviel.

Roos draaide vlug de sleutel om. 'Sorry hoor!' hijgde ze. 'Ik vergeet steeds die deur op slot te doen.'

Een beetje buiten adem, maar heel tevreden met zichzelf gingen de Kippen weer zitten. Lisa raapte haar notulenboek op en maakte een aantekening over de inval.

'Tja,' zuchtte Sprotje toen ze het zich op de tafeltennistafel weer gemakkelijk gemaakt had, 'we moeten de kippen dus ergens naartoe brengen. Als het ons tenminste lukt om ze van mijn oma te pikken.'

'Dat brengt ons weer op het bekende onderwerp.' Roos kreunde. 'Ons clubhuis. Dat we dus niet hebben.'

'De Pygmeeën hebben nu zelfs een kachel in hun boomhut,' zei Melanie.

'Fijn zeg!' Sprotje keek haar geïrriteerd aan. 'Je moet eens vragen of ze nog een meisje als mascotte kunnen gebruiken.'

'Ach, hou toch op jullie!' zei Roos. 'Dat weten we nou wel hoor. Maar dat clubhuis is echt een probleem. Hier kunnen we ze in elk geval niet verstoppen.'

'En bij Melanie in de tuin...?' begon Lisa.

'Ben je wel helemaal lekker?' Melanie schudde met een vies gezicht een pissebed van haar schoen. 'Mijn vader flipt al ge-

noeg sinds hij geen werk meer heeft en alleen maar thuis zit. Die gaat uit zijn dak als hij ook nog eens in de kippenstront trapt. Bovendien...' ze schraapte met haar schoen over de keldervloer, '...bovendien gaan we binnenkort misschien verhuizen, naar een kleiner huis een stukje verderop. Daar is helemaal geen tuin.'

'O,' zei Roos zacht.

Melanie haalde alleen maar haar schouders op en streek het haar uit haar gezicht.

'Nou ja, Sprotjes oma gaat zondag pas weg, voor die tijd verzinnen we heus wel wat,' zei Lisa.

'Hopelijk wel.' Sprotje luisterde of ze buiten iets hoorde, maar Titus en zijn vriend hadden kennelijk de aftocht geblazen. 'Wanneer komen we weer bij elkaar? Morgen?'

Melanie haalde met gefronst voorhoofd haar agenda tevoorschijn. Sprotje zuchtte. Roos moest ook steeds in haar agenda kijken nu ze vrijwilligerswerk deed. Ze werkte voor een organisatie die iets voor kinderen in de Derde Wereld deed, maar de naam van die organisatie kon Sprotje nooit onthouden. Volgens Melanie waren de leuke jongens de reden dat Roos er zo enthousiast over was, maar sinds Roos haar voor die opmerking een klap had verkocht, trok ze alleen nog maar veelbetekenend haar wenkbrauwen op als Roos weer naar een bijeenkomst moest.

Terwijl Roos en Melanie in hun agenda's bladerden, zei Kim met een klein stemmetje: 'Ik weet dat vossenalarm heel belangrijk is, maar ik moet morgen om twee uur mijn neef van het station halen. Mijn moeder werkt, dus misschien daarna...'

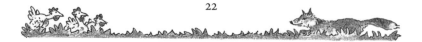

'Ik móét morgen echt naar de huidarts,' stelde Melanie vast.

'Vanwege die ene pukkel?' vroeg Sprotje geprikkeld.

'Ze heeft er al drie hoor,' verklaarde Kim.

'O help, drie pukkels!' Sprotje rolde spottend met haar ogen. 'Neem me niet kwalijk, dat is natuurlijk ook een zaak van leven of dood.'

Melanie reageerde er niet op. 'Die afspraak van overmorgen,' zei ze snibbig, 'die kan ik wel verzetten.'

'Heb je eigenlijk ook wel eens géén afspraak?' viel Sprotje uit. 'Zal ik tegen de kippen zeggen dat hun kop wordt afgehakt omdat jij zo veel afspraken hebt?'

'Jij hebt makkelijk praten,' snauwde Melanie terug. 'Jij hebt het huis bijna elke dag voor je alleen, want jouw moeder is taxichauffeur. Weet je hoe het bij ons thuis gaat sinds mijn vader geen werk meer heeft? Melanie, zal ik je huiswerk nakijken? Melanie, heb je je kamer opgeruimd? Melanie, wat heb je nu weer aan? Melanie, zullen we even wiskunde oefenen? Wiskunde is belangrijk. Dat houdt toch geen kip uit! Dus ga ik zo vaak als ik maar kan iets doen, ja? En hou dat domme commentaar van je nou maar voor je.'

'Ik kan morgen ook niet,' zei Roos zonder de anderen aan te kijken. 'In elk geval niet zo vroeg. Ik heb mijn vrijwilligerswerk. Maar overmorgen kan ik wel.'

Sprotje haalde haar schouders op.

'Overmorgen is het woensdag, dat is toch ook best.' Lisa proestte in haar zakdoek en schreef *volgende clubbijeenkomst woensdagmiddag* in de ringband met de kippenveertjes. 'Dan hebben we ook nog een beetje de tijd om te beden-

ken waar we de kippen naartoe brengen.'

'Goed dan, woensdag.' Sprotje liet zich van de tafeltennis-tafel glijden. 'Weer hier in de kelder?'

Roos knikte. 'Geen probleem.'

'Maar dan graag zonder dat vleermuissap,' zei Melanie en trok haar leren jasje aan.

'Het is vlierbessensap en het schijnt heel goed tegen puk-kels te zijn,' zei Lisa, terwijl ze het notulenboek weer in haar rugzak stopte – heel voorzichtig, zodat de opgeplakte veertjes niet los zouden laten.

'Echt?' Melanie keek haar wantrouwig aan.

'Nee!' zei Lisa. Grijnzend haalde ze een flesje water uit haar tas om het waterpistool bij te vullen. Melanie gaf haar geër-gerd een por in haar zij.

Toen Roos de deur opendeed keek Sprotje eerst even voor-zichtig om de hoek, maar Titus en zijn lange vriend waren niet in de koude gang blijven hangen. Pas op de keldertrap kwamen ze de Wilde Kippen tegemoet.

'Wees maar blij dat we ons niet aan kleine meisjes vergrij-pen!' bromde Titus toen ze langs elkaar heen schoven.

'Wees maar blij dat wij ons niet aan lange jongens vergrij-pen,' bromde Sprotje terug. 'Als je zo lang bent als jullie doet de bloedtoevoer naar de hersenen het niet meer zo goed, wis-ten jullie dat?'

Titus' vriend streek het natte haar uit zijn gezicht en trok een lelijk gezicht. Haastig wurmden Kim en Sprotje zich langs hem. Melanie kon het natuurlijk weer niet laten om nog even naar de jongens te lachen. Ze schreed de trap op alsof ze er-gens een groot entree moest maken.

Titus pakte Roos bij haar arm. 'Wat was er nou allemaal aan de hand, zusje?' vroeg hij. 'Kom op, wij willen ook wel eens lachen. De meisjes hebben namelijk een club,' zei hij over zijn schouder tegen zijn vriend. 'Je raadt nooit hoe ze heten. De Wilde Kippen.'

'En jullie?' Lisa had haar hand alweer in haar mouw. 'Hoe heten jullie? De Pingpongende Pissebedden?'

'Voor dat waterkanon moet je een wapenvergunning hebben!' fluisterde Titus haar toe.

'Speel maar lekker!' fluisterde Lisa terug. 'Tafeltennis is heel leuk voor kleine jongetjes. Wíj hebben er helaas geen tijd voor.'

'Zo kan ie wel weer,' zei Roos, en ze trok Lisa mee de trap op.

Toen de Wilde Kippen hun fietsen weer naar buiten reden was het donker.

'Mat heeft zijn liefdeswake zeker opgegeven,' zei Melanie terwijl ze op haar fiets stapte. 'Of zien jullie hem nog ergens?'

'Hij was inmiddels bevroren als ie was gebleven,' zei Lisa.

Kim keek toch nog even om zich heen. 'Mat zie ik niet,' zei ze, 'maar moet je de muur van jullie huis eens zien, Roos.'

De anderen draaiden zich om. Op de vuilwitte muur, vlak onder het slaapkamerraam van Roos, stond met grote letters: *Hier woont Roos, de domste kip van de stad.*

Melanie perste haar lippen op elkaar, maar ze begon toch te giechelen.

'Die stommeling!' Sprotje sloeg een arm om Roos' schouders. 'Dat zal hij bezuren. Daar kan die boskabouter zijn achterlijke kop onder verwedden!'

'Ergens is het best romantisch,' snotterde Lisa dromerig. 'Ik bedoel...'

'Laat maar zitten,' zei Sprotje, opkijkend naar het geklieder

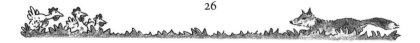

van Mat. 'Hoe is die gozer eigenlijk daar boven gekomen?'

'Hij is vast op de vuilnisbakken geklommen,' mompelde Roos. 'Als Titus dat ziet...' Ze zuchtte.

'Moeten we je helpen het eraf te halen?' vroeg Sprotje.

'Dat kun je wel vergeten,' zei Melanie, die voor het spiegeltje op haar fietsstuur haar haar goed deed. 'Mat heeft allemaal van die spuitbussen, je weet wel, die verf krijg je er niet zomaar af.' Ze grinnikte. 'Roos kan er toch zo'n poster overheen plakken? Die dingen hangt ze op school ook overal op.'

'O wat ben je weer leuk!' viel Sprotje uit. 'Zal ik ook eens iets onder jouw raam spuiten? Melanie is de ijdelste kip van de stad?'

'En Sprotje de arrogantste,' snauwde Melanie terug.

'Ach, hou toch op,' zei Kim.

'Inderdaad!' Lisa sprong op haar fiets. 'Morgen zullen we eens een ernstig kippenwoordje met Mat wisselen, oké?'

Maar Roos schudde haar hoofd. Rillend liep ze naar de deur. 'Laat hem nou maar met rust,' zei ze over haar schouder. 'Dan houdt hij heus wel een keer op met dat geklier.'

'Als jij het zegt,' zei Sprotje, die ook op haar fiets stapte. 'Maar als we iets kunnen doen, moet je het zeggen.'

Roos knikte alleen maar. 'Tot morgen,' riep ze de anderen toe. Daarna ging ze de hal in.

Sprotje hoefde niet ver naar huis. Ze woonde in dezelfde straat als Roos, maar dan aan de andere kant. Op de stoep zag ze al dat haar moeder thuis was. Boven in de keuken brandde licht.

In het trappenhuis stonk het naar vis. Sprotje liep de trap op – achtenveertig treden waren het – en stak met verkleum-

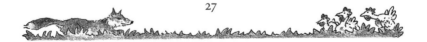

de vingers de sleutel in het slot. 'Ik ben er weer!' riep ze. Ze schopte haar schoenen in een hoek en liep door de donkere gang naar de keuken.

'Godvergeten schijtvent!' Haar moeder smeet een bord tegen de muur. Een bord dat oma Bergman haar cadeau had gegeven. Ze pakte een stapel kopjes en mikte ze één voor één tegen de tegels. Sprotje keek beduusd om zich heen. De vloer lag bezaaid met scherven. En op het aanrecht stond iets in brand.

'Alles... alles goed, mam?' vroeg Sprotje schuchter. Haar hart ging als een razende tekeer.

'O, ben je daar.' Haar moeder zette met een verlegen lachje een schaal terug op de keukentafel. Daarna liep ze naar het aanrecht om een kan water over het vuur te gooien.

'Sorry hoor,' mompelde ze terwijl ze het raam openzette tegen de rook. 'Maar ik moest even mijn woede koelen.'

'Was je kwaad op die gast?' Sprotje haalde stoffer en blik uit de voorraadkast en begon de scherven op te vegen.

'Op die gast, ja. Jij hebt hem nooit gemogen, ik weet het. Ik zou beter naar je moeten luisteren.'

Sprotje kiepte de eerste lading scherven in de vuilnisbak. 'Inderdaad,' mompelde ze.

'Kom, laat mij dat maar doen,' zei haar moeder. 'Straks snijd je je nog.'

'Welnee!' Sprotje veegde de splinters die onder de tafel lagen bij elkaar. 'Gelukkig heb je alleen maar dat lelijke servies van oma stukgesmeten. En wat heb je in de fik gestoken?'

Sprotjes moeder streek door haar haar en liet water in de gootsteen lopen. 'Een paar sokken die hij hier had laten lig-

gen,' zei ze. 'Oma heeft toch gelijk, geloof ik. Ik en mannen, daar komt alleen maar gedonder van.'

'Je valt altijd op de verkeerde,' zei Sprotje. Ze haalde de stofzuiger om de laatste splintertjes op te zuigen.

Haar moeder ging met een zucht aan tafel zitten en maakte met een mesje krassen in het blad. 'Weet je wat?' zei ze. 'Volgens mij moeten we emigreren.'

Sprotje keek haar verbluft aan. 'Hoe kom je daar nou weer bij?'

'Nou ja.' Haar moeder haalde haar schouders op. 'Al dat gedoe gewoon achter ons laten, weet je? Opnieuw beginnen, iets avontuurlijks doen.'

'Aha.' Sprotje liet de glazen pot vollopen met water en schonk het in het koffiezetapparaat. 'Ik zet eerst even koffie, oké?'

'Je bent een schat!' Haar moeder keek peinzend uit het raam. Buiten kleurde de hemel grijszwart. De regen stroomde langs het raam. 'Amerika,' mompelde ze. 'Daar kun je ook taxichauffeur zijn. Geen enkel probleem. Ik zou alleen mijn Engels een beetje moeten bijspijkeren. New York! Of San Francisco, daar is het lekkerder weer.'

'Je gaat te vaak naar de film,' zei Sprotje. Ze zette haar moeders lievelingsmok op tafel, die met het varken erop. 'Het is er vast heel anders dan je denkt. Hartstikke gevaarlijk en helemaal niet gezond voor kinderen. En kippen hebben ze daar ook al niet, laat staan wilde.'

'Zou je denken?' Haar moeder keek nog steeds naar buiten, waar behalve de vaalgrijze avond niets te zien was.

'Absoluut,' zei Sprotje en kroop tegen haar aan. Haar moe-

der kriebelde afwezig over haar rug.

Net toen Sprotje de koffie inschonk ging in de gang de telefoon. Sniffend liep haar moeder erheen.

'Nee, er is helemaal niets aan de hand,' hoorde Sprotje haar zeggen. Op die toon sprak ze alleen met oma Bergman. 'Nee, echt niet.' Ze keek Sprotjes kant op en rolde met haar ogen. 'Oké, dan klink ik raar. Ja, ik roep haar wel even.'

Ze stak de hoorn naar Sprotje uit.

'Nee!' fluisterde Sprotje. 'Ik wil die kippenmoordenaar niet spreken.' Maar haar moeder hield haar onverbiddelijk de hoorn voor. Sprotje stond met een diepe zucht op en slofte de gang in.

'Ja, wat is er?' bromde ze in de telefoon.

'Wat een aardige manier van gedag zeggen!' kraste oma Bergman in haar oor. 'Je moeder is echt een eersteklas opvoeder. Ik heb in de tuin mijn voet verstuikt. Je moet me helpen. De groenbemesters zijn nog niet gezaaid, de kool verpietert tussen het onkruid en het kippenhok moet worden uitgemest.'

'Waarom?' vroeg Sprotje. Ze trok een gezicht naar de telefoon. 'Je bent toch van plan ze te slachten.'

'Nou en?' snauwde haar oma. 'Moet het daarom een uur in de wind stinken? Kom morgen na school naar me toe. Ik maak wat te eten voor je. Je huiswerk kun je hier maken.'

'Oké,' zei Sprotje onwillig – maar opeens begon haar hart sneller te kloppen, sneller en sneller. 'Dat met die voet... je... je gaat zondag toch nog wel naar je zus hè?' stamelde ze.

'Doe niet zo raar!' antwoordde oma Bergman nors. 'Hoe moet ik met twee krukken de trein in komen? Nee, ik blijf

thuis, en zij is natuurlijk weer te lui om naar mij toe te komen. En wat kan jou dat eigenlijk schelen?'

'Ik vroeg het gewoon,' mompelde Sprotje.

'Goed, tot morgen dan,' zei haar oma. 'Ik heb koekjes gebakken.' En weg was ze.

Sprotje liep met een somber gezicht terug naar de keuken.

'Zie je nou wel?' zei haar moeder, terwijl ze nog een keer koffie inschonk. 'We moeten naar Amerika. Dan zijn we eindelijk ook van dat gezeur van oma af.'

De volgende ochtend hoorde Sprotjes moeder de wekker niet, want ze had de hele nacht in haar kussen liggen snikken. Daardoor kwam Sprotje weer eens te laat, hoewel haar moeder haar met fiets en al in de taxi naar school bracht.

'En wat is je excuus, Charlotte?' vroeg mevrouw Rooze toen Sprotje de klas in kwam rennen.

Wat moest Sprotje daarop antwoorden? Mijn moeder heeft liefdesverdriet en ze hoorde de wekker niet omdat ze een doorweekt kussen over haar hoofd had? Nee, zoiets vertelde je niet, zeker niet als de Pygmeeën achter in de klas dom zaten te grijnzen. Dus zei Sprotje alleen maar: 'Sorry, ik heb me verslapen, mevrouw Rooze,' en liep naar haar plaats, waar Roos al met een meelevende blik op haar zat te wachten.

'Ga rustig zitten,' fluisterde ze tegen Sprotje. 'Ik heb het ei al weggegooid.'

Sprotje schoof haar tas onder haar tafeltje en vroeg zacht: 'Welk ei?'

'We hadden vanmorgen allemaal een rauw ei op onze stoel,' fluisterde Lisa.

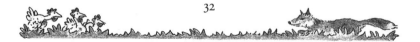

Lisa zat sinds kort vlak achter Sprotje, maar dat zou niet lang goed gaan. Mevrouw Rooze keek nu al steeds fronsend hun kant op.

'Kims ei is op de grond kapot gevallen, maar Melanie is er met haar schone broek bovenop gaan zitten,' fluisterde Lisa over Sprotjes schouder. 'Ze was zo kwaad dat ze Fred en Willem die vieze schalen naar hun hoofd heeft gegooid. En weet je wat het mooiste is?' Lisa snoot luidruchtig haar neus. 'Die twee deden net alsof ze gek waren en hebben alles ontkend!'

'Jemig, ze worden met de dag kinderachtiger,' zei Sprotje binnensmonds. 'Maar ze kunnen me wat. We hebben heel andere dingen aan ons hoofd, dat kan ik jullie wel vertellen! Mijn oma...'

'Charlotte, Lisa,' zei mevrouw Rooze. 'Nu is het afgelopen met dat geklets. Het is hier geen kippenhok.'

Op de een-na-achterste rij begonnen de Pygmeeën vierstemmig te kakelen. Het was net echt zoals ze dat deden, maar mevrouw Rooze maakte met één blik een einde aan de voorstelling. Ze tuitte haar die ochtend kersenrood gestifte lippen, haalde haar opschrijfboekje tevoorschijn en zette vanwege het te laat komen het vijfde kruisje achter Sprotjes naam. Nog eentje erbij en Sprotje moest om klokslag zeven uur op school komen om een opstel te schrijven over het boeiende onderwerp: *Beroepen waarvoor je vroeg moet opstaan.*

De rest van het uur gaf mevrouw Rooze Sprotje zo vaak de beurt dat het haar niet eens lukte de andere Kippen in een geheim briefje op de hoogte te stellen van het telefoontje van oma Bergman. Pas in de grote pauze, toen het buiten regende als op de eerste dag van de zondvloed en ze met z'n allen in de

gang buiten de lokalen rondhingen, kwam Sprotje eraan toe het slechte nieuws te vertellen.

'Zondag gaat niet door!' fluisterde ze toen de andere Kippen om haar heen stonden. 'De kippenmoordenaar heeft haar voet verstuikt. Ze gaat niet naar haar zus.'

'O nee!' steunde Kim. 'Wat moeten we nu?'

Sprotje keek om zich heen, maar de Pygmeeën stonden voor een ander lokaal te ruzieën over de vraag wie de beste voetballer ter wereld was.

'Ik heb er nog bijna niet over na kunnen denken,' zei Sprotje zacht. 'Mijn moeder heeft de halve nacht de ogen uit haar hoofd liggen huilen vanwege die gast met wie ze iets had. Daarvoor had ze al de helft van ons servies kapot gegooid, zijn sokken verbrand en bedacht dat we moesten emigreren.'

'Wat romantisch!' zuchtte Lisa. Ze moest zo hard niezen dat haar haarband naar voren schoof.

'Hé, je niest de hele tijd mijn kant op,' siste Melanie, frunnikend aan het pleistertje dat ze op haar pukkel had geplakt. Het was een pleistertje in de vorm van een hartje, met glitters erop. Melanie had haar sportlegging aan. De met ei besmeurde broek lag op de meisjes-wc's in de wasbak te weken.

'Romantisch? Ik vind het wel meevallen,' mompelde Sprotje.

'Waarheen emigreren?' vroeg Kim bezorgd.

'Naar Amerika,' zei Sprotje. 'Ze wil taxichauffeur worden in New York.'

'Het arme mens,' zei Roos. 'Liefdesverdriet is vreselijk.'

'O ja?' Melanie keek haar spottend van opzij aan. 'Sinds wanneer weet jij dat zo goed?'

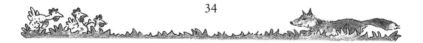

'Einde onderwerp!' zei Sprotje. 'We moeten het over het vossenalarm hebben.' Ze draaide zich nog een keer naar de Pygmeeën om, maar die hadden het veel te druk met zichzelf. Willem had een giechelende Mat in de houdgreep en Fred gaf Steve de kieteldood. Gerustgesteld ging Sprotje weer met haar rug naar de jongens toe staan. 'Als we de kippen willen redden, kunnen we maar één ding doen,' zei ze. 'We...' ze liet haar stem dalen, '...we ontvoeren ze zaterdagavond, als de kippenmoordenaar voor de tv zit.'

De anderen keken haar ongelovig aan.

'Wat?' Kim zette zenuwachtig haar bril recht. 'Je wilt de kippen stelen terwijl je oma thuis is?'

'Dat klinkt niet als een van je beste ideeën,' zei Melanie.

'Het zijn vijftien kippen!' fluisterde Lisa. 'We moeten per persoon drie kippen dragen. Hoe gaan we dat doen? Nee!' Ze schudde haar hoofd. 'Dan ontsnappen ze natuurlijk en moeten wij door al die tuinen achter ze aan...'

'Klets niet,' onderbrak Sprotje haar. 'We stoppen ze in het kippenhok in kartonnen dozen. Drie dozen zijn meer dan genoeg voor die paar kippen.'

'Maar we doen er al een eeuw over om ze allemaal te vangen,' zei Melanie. 'Een van ons moet op wacht staan, die valt dus af; dan zijn we nog maar met z'n vieren. Vier man voor vijftien kippen. Bovendien schreeuwen die stomme beesten natuurlijk moord en brand. Wat als je oma het hoort?'

'Die hakt meteen ook onze kop eraf,' zei Lisa somber.

'Ja en?' Sprotje vergat van opwinding te fluisteren. 'Wat moeten we dan doen, volgens jullie?'

Kim schraapte haar keel. 'Zullen we de Pygmeeën vragen?

Als we ze uitleggen dat het om leven of dood gaat helpen ze ons vast wel.'

Sprotje keek haar aan alsof ze gek geworden was. Lisa grinnikte ongelovig.

'Ben je wel helemaal lekker?' siste Sprotje met een blik op de jongens. Fred zag haar kijken en kakelde. Geërgerd trok Sprotje een lelijk gezicht naar hem.

'Ik weet niet wat jij nou weer hebt. Zo'n gek idee is het toch niet!' Melanie stond alweer aan haar pleister te frunniken.

'Het zou wel een stuk sneller gaan,' zei Roos. 'En als we niet de kans willen lopen dat je oma ons betrapt, moet het ook snel gaan. Misschien heeft Kim gelijk.'

'Als de jongens meedoen hoeven we ieder maar twee kippen te vangen,' zei Melanie. 'Dat...'

'Niet eens twee,' onderbrak Lisa haar. 'Vijftien gedeeld door acht...'

Melanie keek haar ongeduldig aan. 'Dat zou supersnel gaan,' fluisterde ze. 'We stoppen ze in de dozen...'

'...maar niet meer dan drie per doos,' zei Kim. 'Anders zitten ze veel te krap...'

'...en maken dat we wegkomen,' besloot Melanie haar zin. 'We sluipen de tuin weer uit, dozen onder de snelbinders en wegwezen. De Pygmeeën kunnen je oma afleiden, voor het geval ze toch achter ons aankomt. Rugdekking zogezegd.'

Sprotje frunnikte nadenkend aan haar beugel. 'Die maken veel te veel lawaai, die boerenpummels,' zei ze.

Maar Kim schudde haar hoofd. 'Welnee, die jongens kunnen sluipen als indianen. Ben je soms vergeten hoe ze onze kleren gejat hebben?'

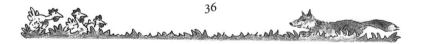

Melanie keek giechelend naar de jongens.

Willem werd rood toen hij haar zag kijken en wendde vlug zijn hoofd af.

'Het gaat toch om de kippen, Sprotje!' zei Roos. 'Geloof me, ik hoef Mat op het moment echt niet zo nodig om me heen te hebben, maar de kippen zijn belangrijker.'

Sprotje zweeg. 'O jemig,' kreunde ze.

'Maar voor die eieren van vanmorgen moeten ze sorry zeggen!' snotterde Lisa.

'Op zijn minst,' zei Sprotje. Ze stootte Lisa aan. 'Oké, ga maar naar ze toe. Zeg maar dat we iets met ze willen bespreken. Daar achter, aan het eind van de gang. Maar ze moeten wel opschieten. De pauze is bijna voorbij.'

'Komt voor elkaar,' zei Lisa. Ze hing de kippenveer om haar hals recht, trok een plechtig gezicht en stapte waardig op de jongens af. Nog maar een paar weken geleden ging ze er steeds als een overijverig hondje vandoor als Sprotje haar een opdracht gaf, maar intussen was ze een koerier met klasse.

De Pygmeeën stootten elkaar aan toen ze Lisa aan zagen komen. Mat en Steve begonnen kakelend en met hun achterste wiebelend om elkaar heen te draaien, Fred kreeg de bekende bazige blik in zijn ogen en Willem ging als een bodyguard achter hem staan. Maar Lisa liet zich niet uit het veld slaan. Met een bloedserieus gezicht en een rode neus bracht ze Sprotjes bericht over.

'Moet je zien hoe ze staan te grijnzen!' Sprotje zuchtte. 'Dat ik vanwege haar dat stelletje mafkezen om hulp moet vragen... dat vergeef ik mijn oma nooit.' Met een somber gezicht

liep ze naar het eind van de gang, met Melanie, Kim en Roos in haar kielzog.

Daar kwamen de Pygmeeën ook al. Gemaakt nonchalant slenterden ze achter Lisa aan.

'Dat dacht ik wel. Ze genieten echt van hun overwinning!' mopperde Sprotje.

'Ach, laat ze toch,' zei Melanie. Zoals altijd als er een jongen in haar buurt kwam, toverde ze ook nu een engelenlachje op haar gezicht.

'Ach, laat ze toch!' aapte Sprotje haar na. 'Je kunt...' maar toen stonden de Pygmeeën al voor haar.

'Wat is er aan de hand?' vroeg Fred. 'Hebben jullie problemen die alleen met hulp van mannen op te lossen zijn?'

Steve begon dom te grinniken, en Mat stond zo breed te grijnzen dat zijn flaporen bijna van zijn hoofd vielen. Alleen Willem vertrok zoals gewoonlijk geen spier. Hij sloeg zijn armen over elkaar en deed zijn best om niet Melanies kant op te kijken. Melanie keek ook heel opvallend niet zijn kant op.

'Wat was dat nou voor onzin, vanmorgen met die eieren?' vroeg Sprotje zonder een spoor van een glimlach.

'Dat was geen Pygmeeënactie,' antwoordde Fred. 'Dat was privé.' Mat werd bleek en ging half achter Willem staan.

'Wat maakt mij dat nou uit!' snauwde Sprotje. 'Ik dacht dat jij bij jullie de grote baas was. Zorg er dan ook voor dat die lilliputters van je zich gedragen. Wij hebben op het moment helemaal geen tijd voor die kleutergrappen van jullie. Als jullie dat nog een keer flikken krijgen jullie bij het volgende wiskundeproefwerk mooi geen spiekbriefje van Roos, begrepen?'

'Ja ja,' mompelde Fred. 'Was dat alles?'

38

'Nee, helaas niet.' Sprotje wreef langs haar neus. 'We hebben een noodgeval. Het was niet mijn idee om jullie om hulp te vragen, maar de anderen wilden het en wij zijn een democratische club. Bovendien is het een kwestie van leven of dood.'

'Leven of dood?' Fred trok spottend zijn wenkbrauwen op. 'Ja hoor, Sprotje. Mag het misschien een onsje minder zijn?'

'Sprotjes oma wil al haar kippen slachten,' vertelde Roos. 'Alle vijftien.'

Sprotje had bijna de indruk dat Fred een beetje bleek werd om zijn neus. Hij hield van kippen, heel veel zelfs, had ze wel eens gemerkt. Van die andere drie wist ze het zo net niet.

'Wat, je oma wil jullie slachten?' vroeg Steve. 'Net als bij Hans en Grietje?'

Fred legde hem met een blik het zwijgen op. 'Waarom allemaal tegelijk?' vroeg hij.

Sprotje haalde haar schouders op. 'Omdat ze niet meer genoeg eieren leggen, omdat ze taai worden, omdat mijn oma geen zin heeft ze de hele winter eten te geven... Dat maakt toch niet uit, of wel soms? Woensdag wil ze ze slachten, maar zover zal het niet komen, want...' ze keek Fred aan, '...want voor die tijd halen we de kippen uit het hok.'

Fred trok zijn wenkbrauwen op. 'Wanneer?' vroeg hij.

'Zaterdagavond,' antwoordde Sprotje, 'als mijn oma voor de televisie zit. Elke zaterdag om kwart over acht zit ze als een gehypnotiseerd konijn voor de buis. Daar kun je vergif op innemen. Maar we moeten vijftien kippen vangen en in dozen stoppen, en als een van ons voor het kippenhok op wacht staat, zijn we nog maar met z'n vieren. Daarom kwamen de

anderen op het idee om jullie te vragen of...' Sprotje slikte. Ze kreeg het niet over haar lippen.

'...of we jullie willen helpen,' vulde Fred aan. 'Bij het kippen stelen.' Hij kon het niet laten om te grijnzen.

'Ja, bij het kippen stelen,' viel Sprotje uit. 'Als je het zo wilt noemen...'

Fred draaide zich naar de andere Pygmeeën om.

'Jullie hebben het gehoord,' zei hij. 'Zaterdagavond.'

'Klinkt wel lollig,' vond Mat.

'Het is anders helemaal niet lollig!' beet Sprotje hem toe. 'Het is bloedserieus, oké?'

Mat fluisterde Fred iets in het oor. Fred voelde nadenkend aan het ringetje in zijn oor, het clubteken van de Pygmeeën. 'Oké, zaterdagavond,' zei hij. 'En als bedankje voor onze hulp geven jullie ons een tegoedbon.'

'Een tegoedbon? Hoezo dat nou weer?' vroeg Sprotje wantrouwig. 'Dat komt natuurlijk weer uit dat zieke brein van Mat.'

Verderop kwam mevrouw Rooze uit de lerarenkamer.

Fred haalde zijn schouders op. 'Voor het onwaarschijnlijke geval dat wij ook een keer hulp nodig hebben.'

'Bij het knopen aannaaien of het sokken stoppen bijvoorbeeld!' zei Mat.

'Haha, wat ongelooflijk grappig.' Sprotje nam hem geringschattend op.

'We kunnen er toch op schrijven: niet koken en niet zoenen,' stelde Steve voor.

Willem gaf hem een por in zijn rug. 'Hou je kop, Steve.'

'Jeetje, het was maar een grapje hoor,' mompelde Steve.

'Jullie hebben wel eens betere grappen gemaakt,' zei Melanie. Ze wierp Willem een snelle blik toe, met een glimlach als toegift.

Sprotje keek de andere Kippen vragend aan.

'Ik vind het wel een goed idee, zo'n tegoedbon,' zei Roos. Kim en Lisa knikten. Melanie haalde alleen maar haar schouders op. 'Als ze dat zo nodig willen.'

'Oké,' zei Sprotje. 'Uiterlijk morgen krijgen jullie je tegoedbon. Nog even over zaterdagavond: voor het geval jullie het vergeten zijn, mijn oma woont in de Veldkersstraat, op nummer 31, maar we kunnen het best voor aan de weg afspreken. Aan de linkerkant is een bosje dennenbomen. Klokslag acht uur wachten we daar op jullie. De dozen voor de kippen...'

'...nemen wij mee,' viel Fred haar in de rede. 'Bij Mat in de kelder staan er een heleboel. Maar waar brengen we jullie gevederde vriendjes naartoe als we ze eenmaal gejat hebben?'

'Dat gaat jullie niets aan,' antwoordde Sprotje. 'Jullie hoeven alleen maar even te helpen bij het vangen.'

'O ja, jullie hebben natuurlijk nog steeds geen clubhuis!' Mat keek hen vol leedvermaak aan. 'Steken jullie je kop onder elkaars achterste als jullie het koud krijgen? Net als echte kippen?'

Sprotjes antwoord werd overstemd door de bel.

'Als jullie geen plaats voor ze hebben,' zei Fred terwijl hij zich omdraaide, 'willen wij de kippen ook wel een tijdje bij ons in de boomhut verstoppen.'

'Bedankt,' mompelde Sprotje. Ze gingen terug naar hun klas en Sprotje smeekte de goden dat ze dat aanbod niet zouden hoeven aannemen.

41

Precies toen de school uitging hield het op met regenen. De zon brak door de grijze wolken en Sprotje had geen haast om bij oma Bergman te komen. Ze reed door de plassen en het vuile water spatte op haar broek, ze draaide haar gezicht naar het bleke zonlicht en probeerde nergens aan te denken. Niet aan het liefdesverdriet van haar moeder, niet aan de Pygmeeen of de vijftien kippen, die als het aan haar oma lag het voorjaar niet zouden halen. Maar Sprotje deed vooral haar best om niet aan oma Bergman zelf te denken.

Oma Bergman wachtte al op haar. Leunend op twee krukken stond ze in de deuropening, haar lippen samengeknepen, haar mond een rechte streep boven haar hoekige kin. Sprotje had foto's van haar oma gezien waarop ze net twintig was. Soms, als haar oma het niet merkte, keek Sprotje naar haar en zocht ze het jonge gezicht in het oude. Maar ze vond er nooit een spoor van terug.

'Wat ben je laat!' riep oma Bergman toen Sprotje met de fiets aan haar hand de tuin in kwam. Daar reageerde Sprotje allang niet meer op. Ze wist uit ervaring dat ze het beste niets

of zo min mogelijk terug kon zeggen.

'En je bent ook weer dunner geworden,' stelde haar oma vast. 'Wou je soms van de aardbodem verdwijnen? Als ik je moeder was, zou ik me langzamerhand ernstig zorgen maken.'

Maar dat ben je niet, dacht Sprotje. Gelukkig niet. En voor de honderdste keer baalde ze ervan dat ze alles over hun kant moesten laten gaan, alleen omdat oma Bergman de enige was bij wie Sprotje terecht kon als haar moeder moest werken.

Sprotjes oma had boekweitpannenkoeken en een hele berg zoutloze groente voor haar. Sprotje had een hekel aan boekweitpannenkoeken en strooide net zolang zout over de groente tot haar oma het zoutvat uit haar hand griste. Met een onbewogen gezicht zat oma Bergman tegenover haar aan tafel. De krukken lagen dwars over haar schoot.

'Eet,' zei ze, zonder zelf een hap te nemen. 'Je krijgt tenslotte zelden iets wat niet uit de magnetron komt.'

'Moet mama soms in de taxi koken?' vroeg Sprotje terwijl ze de tot pap gekookte worteltjes van de ene wang naar de andere verplaatste.

'Niet met volle mond praten,' zei oma Bergman alleen maar.

Toen Sprotje haar bord opzij schoof en haar schooltas ging halen zei ze: 'Je moeder klonk wel vreemd gisteren aan de telefoon. Heeft ze soms weer problemen met mannen?'

'Geen idee,' zei Sprotje, die deed alsof ze helemaal in haar wiskundehuiswerk opging. Daarmee snoerde ze haar oma meestal wel de mond. Ook nu weer. Oma Bergman hobbelde op haar krukken naar het keukenraam en liet zich kreunend

in haar lievelingsstoel zakken. Zwijgend keek ze naar buiten, net zolang tot Sprotje haar huiswerk opborg.

'Ik heb een lijstje voor je gemaakt,' zei ze toen Sprotje haar schooltas onder de kapstok zette. 'Het ligt daar op de kast. De koekjes ernaast zijn voor jou.'

Sprotjes oma maakte voortdurend lijstjes. Ze werd met de dag vergeetachtiger, daarom schreef ze alles op, zelfs de begintijden van haar favoriete programma's op tv. Haar briefjes slingerden overal rond. Soms plakte ze ze op de deuren, of zelfs op de ramen. Het was een lange lijst van taken die ze vandaag voor Sprotje had opgeschreven.

Boerenkool- en spruitjesbed schoffelen, stond erop. *Op de kale bedden groenbemesters zaaien. Eieren uit het hok halen. In de kruidentuin onkruid wieden.*

'Dat haal ik niet allemaal voor het donker wordt,' zei Sprotje.

Oma Bergman keek alweer uit het raam. 'Begin nou maar,' zei ze.

Sprotje pakte de koekjes die naast het briefje lagen, trok haar jas aan en ging naar buiten. Als eerste liep ze naar het kippenhok, hoewel haar oma meteen met een kruk op het raam begon te kloppen. Waarschijnlijk omdat Sprotje niet de volgorde van haar lijstje aanhield.

'Zo lieverdjes,' zei Sprotje toen ze het hok in stapte. De meeste kippen scharrelden buiten in de ren rond, maar vier stonden in het hok in de bijna lege voederbak te pikken. Aarzelend kwamen ze op Sprotje af. Ze kakelden klagelijk, rekten hun halzen en keken haar met hun kraaloogjes vragend aan. Isolde, Sprotjes lievelingskip, was er ook bij.

'Hebben jullie nou alweer honger?' Sprotje pakte Isolde, tilde haar op schoot en aaide haar felrode kam. De bruine hen kneep haar oogjes dicht. 'Wat zijn jullie toch dom!' mompelde Sprotje. 'Jullie hebben je helemaal dik en rond gegeten. Als jullie niet zo vet waren hoefde ze jullie ook niet te slachten.' Ze zuchtte. 'Volgens mij zouden jullie zelfs oma's papgroente nog naar binnen werken.' Isolde klokte zachtjes voor zich uit. Sprotje zette haar voorzichtig weer in het stro en zag de kip haastig wegtrippelen.

'Jullie hebben echt geen flauw benul,' zei Sprotje zacht. 'Van wat dan ook.'

Was dat het mooie van dieren, dat ze nergens een flauw benul van hadden? Soms, als Sprotje zo verdrietig was dat ze bijna geen lucht meer kreeg, kroop ze in het kippenhok van oma Bergman in het stro om naar de kippen te kijken. Naar hoe ze pikten en scharrelden. Dan vergat ze alles wat haar verdrietig maakte. Ze vergat het geruzie met haar oma, ze vergat dat er oorlogen bestonden, kinderen die verhongerden voor ze zo oud waren als het kleine broertje van Roos, dieren die hun leven in hokken sleten – al die ellendige dingen vergat Sprotje als ze de kippen zo zorgeloos rond zag stappen. Gek eigenlijk.

Maar juist omdat ze van niets wisten, gingen ze er ook niet vandoor als oma Bergman met een bijl het hok in kwam om ze hun kop af te hakken.

Met een zucht stond Sprotje op. Ze klopte het stro van haar jas en liep naar de deur. 'Ik ga jullie redden,' zei ze over haar schouder. 'Op mijn heilige Kippenerewoord. Ook al is het een hartstikke riskante operatie. Jullie kunnen op mij vertrou-

wen.' De kippen tilden niet eens hun kop op. Ze pikten driftig verder in het stro.

Oma Bergman keek heel onvriendelijk toen Sprotje weer uit het kippenhok kwam. Ze perste haar lippen zo stijf op elkaar dat haar mond wel dichtgenaaid leek. Sprotje deed net alsof ze zich van geen kwaad bewust was, stopte een koekje in haar mond en begon de aarde tussen de boerenkool te schoffelen.

Ze was er meer dan een halfuur mee bezig. De ijskoude wind blies dorre blaadjes en een paar verdwaalde regendruppels in haar gezicht. De aarde was zo nat en koud dat Sprotje zich afvroeg hoe daar ooit weer iets uit moest groeien. Misschien is het toch niet zo'n slecht idee om te emigreren, dacht ze toen haar knieën pijn begonnen te doen en haar vingers stijf werden van het schoffelen. Opeens hoorde ze een korte fluittoon, gevolgd door een lange: het geheime signaal van de Wilde Kippen.

Ze keek verrast op.

'Goed nieuws!' fluisterde iemand door de heg. 'Heel goed zelfs.'

Sprotje boog zich nieuwsgierig over de struiken. Op het pad achter de heg zaten Roos en Kim op hun hurken naar haar te grijnzen.

'En, is oma Bergman weer in een goed humeur?' vroeg Roos terwijl ze overeind kwam.

'Waar komen jullie vandaan?' vroeg Sprotje verbaasd. 'Ik dacht dat jullie vanmiddag geen tijd hadden.'

'Kims neef komt pas later aan en onze vergadering duurde vandaag maar heel kort,' zei Roos. Ze duwde het knarsende

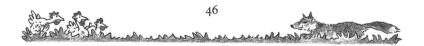

tuinhek open. Oma Bergman smeerde het de laatste tijd niet meer. 'Dan hoor ik de inbrekers tenminste aankomen,' zei ze. Alsof inbrekers altijd door het tuinhek kwamen.

Sprotje keek steels naar het keukenraam. Haar oma stond naar hen te staren. Ze zag eruit alsof ze elk moment een hartaanval kon krijgen. Oma Bergman vond het maar niks als Sprotje een 'vreemde' meenam, en nu liepen er zomaar twee onbekenden door haar tuin. Ondanks de krukken was Sprotjes oma behoorlijk vlug bij de deur.

'Wat heeft dat te betekenen, Charlotte?' riep ze, terwijl ze Kim en Roos zo ijzig aankeek dat Kim twintig centimeter kromp en zo rood werd als een radijsje. Roos liet zich niet zo makkelijk afschrikken. Die had het perfecte wapen ontdekt tegen oma Bergmans vijandige houding: vriendelijkheid.

'O hallo, mevrouw Bergman!' riep ze. 'Sprotje vertelde dat u uw voet verstuikt had. Dat had mijn moeder vorige maand ook. Zelfs met krukken kon ze geen stap verzetten. Mijn broertje snapte er niks van en stond de hele tijd aan haar te trekken.' Ze gaf de verlegen Kim een arm en trok haar mee. 'Dit is Kim, weet u nog? Die zit ook bij ons in de klas. Ze wilde uw groentetuin zo graag een keertje zien. Zou dat mogen?'

Oma Bergman nam Kim van top tot teen op. 'Vooruit dan maar. Al ziet ze er niet uit alsof ze het verschil weet tussen spruitjes en spinazie. Maar blijf op de paden. En hou Sprotje niet van haar werk. Ze moet het vandaag nog afkrijgen.'

'Dat lukt toch nooit,' zei Sprotje zonder haar oma aan te kijken.

'Weet u wat, mevrouw Bergman,' zei Roos, die Kim meetrok naar de spruitjes, waar Sprotje nog maar net begonnen

was met schoffelen. 'We helpen Sprotje gewoon een beetje. Dan haalt ze het misschien wel.'

'Hebben jullie dat dan al eens eerder gedaan?' vroeg oma Bergman. Ze bekeek hen alsof ze elk moment op haar kostbare planten konden gaan staan stampen. Kim glimlachte verlegen naar haar, maar oma Bergman beantwoordde haar glimlach niet.

'Ik doe het wel even voor.' Sprotje zette de emmer voor het onkruid voor Roos neer. 'Zo moeilijk is het nou ook weer niet, toch?'

Oma Bergman draaide zich zonder een woord te zeggen om en hinkte op haar krukken naar binnen. Even later zat ze weer op haar post bij het keukenraam.

'Poeh, die oma van jou is een taaie!' fluisterde Kim toen ze met z'n drieën naast elkaar tussen de spruitjes hurkten om verdwaalde grassprieten uit de grond te trekken.

'Geen commentaar,' zei Sprotje. Ze plukte een paar gele blaadjes van een plant en gooide ze bij de kippen in de ren.

'Mag ik even bij de kippen kijken, denk je?' Kim wierp een verlangende blik op het kippenkhok.

'Doe eerst maar even alsof je keihard aan het werk bent,' antwoordde Sprotje, 'anders ramt ze meteen weer met haar kruk op het raam. En vertel nou maar eens wat het goede nieuws is!'

'Vertel jij maar, Kim,' zei Roos terwijl ze een piepklein disteltje in de onkruidemmer gooide. 'Het is tenslotte jouw nieuws.'

Sprotje veegde haar vieze handen aan haar broek af en keek Kim vol verwachting aan.

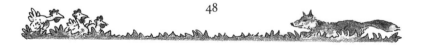

'Ik weet niet of ik het al eens verteld heb...' Kim liet haar stem dalen, '...maar mijn vader heeft een landje aan de rand van het bos, in de buurt van de snelweg. Heeft hij ooit eens geërfd. Er staat een caravan op.'

'Ja en?' vroeg Sprotje.

Kim zette haar bril recht. 'Sinds de scheiding maken mijn ouders er ruzie over en omdat mijn vader niet wil dat mijn moeder die caravan krijgt, heeft hij...' ze giechelde verlegen, '...heeft hij het allemaal maar aan mij gegeven.'

Sprotje liet haar schoffel vallen. 'Aan jou?'

Kim knikte.

'En er staat een echte caravan op dat landje?'

Kim knikte weer. 'Hij is best groot. En er zit ook een kachel in.'

Oma Bergman beukte op het keukenraam. Vlug bogen de meisjes zich weer over het onkruid. 'Een echte caravan,' mompelde Sprotje. 'Jeetje Kim...'

'Gaaf hè?' fluisterde Roos. 'Een mooier clubhuis kunnen we ons niet wensen! Met de fiets ben je er bij ons vandaan in tien minuten, en de anderen doen er niet veel langer over.'

Sprotje schudde ongelovig haar hoofd. 'Dat is te mooi om waar te zijn.' Van opwinding schoffelde ze bijna een hele plant omver. 'Staat er een hek om dat landje? Dan zouden we de kippen daarheen kunnen brengen.'

'Ik geloof dat er alleen een heg omheen staat,' zei Kim. 'Daar moeten we dan kippengaas tegenaan zetten. Maar er staat wel een schuurtje.'

Sprotje keek naar de lucht. Het begon al te schemeren. 'Shit,' mompelde ze. 'We kunnen er vandaag niet meer heen.'

'Dat geeft toch niet. Morgen is er weer een dag,' zei Roos, die net een regenworm voor Sprotjes schoffel weggriste. Voorzichtig legde ze hem een stukje verderop in de aarde.

'Precies,' zei Kim. 'Morgen zouden we toch al bij elkaar komen. Dat doen we dan in de caravan.'

Sprotje knikte. Ze kon bijna niet geloven dat er op deze rotdag zoiets leuks gebeurde. Een echt clubhuis voor de Wilde Kippen...

Kim keek op haar horloge. 'O jee, ik moet weg!' riep ze. 'Naar het station!' Ze sprong zo gehaast op dat ze de hele emmer met onkruid over de pas gewiede aarde kieperde. 'O sorry!' stamelde ze. 'Ik...'

Sprotje zette de emmer weer rechtop. 'Ga nou maar,' zei ze. 'Ga je neef maar halen. Dat was echt heel gaaf nieuws, daarvoor mag je van mij tien emmers omkieperen.'

Toen Kim weg was haalden Sprotje en Roos in het kippenhok de eieren uit de nesten. Ze zaaiden zelfs nog de groenbemesters op oma Bergmans kale groentebedden, hoewel het eigenlijk al bijna donker was.

'Wat zaaien we nou eigenlijk?' vroeg Roos terwijl ze de fijne zaadjes op de aarde liet vallen.

'Rolklaver,' antwoordde Sprotje. 'Beschermt in de winter de bodem, maakt de grond losser, neemt stikstof op, al die dingen, weet je?'

Roos schudde haar hoofd. 'Nee, weet ik niet. Maar ik bedenk opeens dat we op dat landje van Kim ook wel een moestuin kunnen aanleggen. Jij weet er alles van.'

'Zou best leuk zijn,' zei Sprotje met een blik op het keukenraam.

'O jee, je oma wenkt ons,' fluisterde Roos. 'Doen we iets verkeerd met die groene mesters?'

Dat deden ze niet. Ze kregen allebei een puntzak met koekjes, verse eieren en veldsla. Oma Bergman liep zelfs met ze mee naar het tuinhek.

'Raar hoor,' zei Roos toen Sprotje en zij de donkere straat uit fietsten. 'Soms is je oma opeens best aardig hè?'

'Klopt,' zei Sprotje en streek over haar kippenveer. 'Soms. Je weet alleen nooit wanneer.'

De volgende dag begon met een tweede verrassing. Kim kwam op school met stekeltjeshaar. Haar wenkbrauwen waren heel dun en ze had ook een andere bril op.

'Hoe zie jij er nou opeens uit?' vroeg Melanie toen Kim met gebogen hoofd langs haar schoof. Melanie en Kim zaten naast elkaar, vooraan op de tweede rij.

'Anders,' zei Kim.

Roos keek op. Ze zat aan het bureau van mevrouw Rooze de tegoedbon voor de Pygmeeën te schrijven. 'Hé, dat staat je leuk, Kim,' zei ze.

'Echt?' Kim plukte met een onzeker lachje aan haar haar en werd zo rood als de knalrode maandaglippenstift van mevrouw Rooze.

'Ja joh.' Sprotje ging op Melanies tafeltje zitten. 'Ze ziet er toch cool uit zo, Mel?'

Melanie kon alleen maar sprakeloos knikken. Ze werd niet eens boos om dat 'Mel'.

'Heb je je wenkbrauwen geëpileerd?' Lisa boog zich over Sprotjes schouder. 'Doet dat geen pijn?'

Kim haalde haar schouders op. 'Ik ergerde me er al een tijdje dood aan,' mompelde ze. 'Ze groeiden echt alle kanten op.'

'Ben je gisteren ook nog naar de kapper geweest?' vroeg Roos. 'Je zei toch dat je je neef moest afhalen?'

Kim zette haar tas onder haar tafel. 'Moest ik ook. Hij heeft mijn haar geknipt. Mijn neef, bedoel ik. Paolo. Doet ie bij zichzelf ook altijd.' Ze glimlachte. 'Die bril is van hem. Mocht ik van hem lenen. Het is zijn reservebril. Hij is namelijk ook verziend.'

'O ja?' Melanie fronste haar voorhoofd. 'Paolo. Wat is dat nou weer voor een naam? Is je neef soms Italiaan?'

'Zijn moeder komt uit Italië.' Kim zette de bril af om hem schoon te maken. 'Hij gaat me vanmiddag helpen om een nieuwe bril uit te zoeken. Die van mij is een beetje tuttig, zegt hij. Dat is ook wel zo hè?'

'Dat heb ik al honderd keer tegen je gezegd,' zei Melanie kattig. 'Maar met mij wilde je nooit een nieuwe gaan kopen. Naar de kapper wilde je ook al niet, en nu laat je een wildvreemde aan je haar prutsen. Ik snap dat niet hoor.'

'Waar maak je je nou zo druk om?' vroeg Lisa. 'Het staat toch hartstikke leuk?'

'Ja, maar toch,' zei Melanie.

'Nou ja.' Kim schoof heen en weer op haar stoel. 'Jij hebt een heel andere smaak dan ik. Maar mijn neef...' ze giechelde, '...hij zegt dat hij dikke meisjes sexy vindt. Hij zegt dat dunne meisjes aanvoelen als een zak botten en hem aan het kerkhof doen denken. Met dunne meisjes ben je bij het zoenen de hele tijd bang dat ze ergens doormidden breken, zegt hij.' Ze begon weer te giechelen.

'Tjonge, wat zegt die veel,' vond Melanie. Ze sloeg haar armen over elkaar en leunde naar achteren. 'Hoe oud is je neef?'

'Vijftien.' Kim boog haar hoofd. De Pygmeeën kwamen de klas in.

'Pas op, Kim,' zei Sprotje zacht. 'Nu zul je het krijgen.' Ze sloeg een arm om Kims schouders.

'Hé Kim!' Mat brulde zo hard dat de hele klas zich omdraaide. 'Ik weet niet wat ik zie! Te gek!' Hij wankelde twee stappen naar achteren, alsof hij op het punt stond om steil achterover te slaan.

Willem schuifelde zwijgend langs hem. Hij was geen fan van Mats grappen. Maar Fred en Steve bleven staan.

'Hé Kim, hoe kom je aan dat vette kapsel?' vroeg Steve.

'Je ziet eruit alsof je bij een schoonheidsspecialiste bent geweest.' Fred bukte zich en bekeek Kim van dichtbij. 'Wauw, moet je dat zien. Ze heeft zelfs haar wenkbrauwen geëpileerd.'

Sprotje gaf hem een harde duw. 'Laat haar met rust, stelletje sukkels,' snauwde ze. 'Voor jullie is er op de hele wereld geen schoonheidsspecialiste te vinden. Jullie moeten elke dag oppassen dat ze jullie niet op de apenrots neerzetten.'

'Klopt.' Fred gromde en krabde zich luidruchtig onder zijn armen. 'Maar ze krijgen ons niet te pakken. Jullie zijn ook nog steeds niet in de pan beland, terwijl jullie toch de enige los rondlopende wilde kippen zijn.'

Op dat moment kwam mevrouw Rooze binnen. Roos raapte vlug haar spullen bij elkaar en ging naar haar plaats, en de Pygmeeën lieten Kim eindelijk met rust.

Maar toen mevrouw Rooze de eerste sommen op het bord schreef, stuurde Mat Kim een briefje met een plukje haar dat hij bij zichzelf had afgeknipt. *Een barmhartige bijdrage,* stond er op het briefje. *Omdat je nog maar zo weinig haar hebt en in de winter anders je kippenhersenen bevriezen.*

Natuurlijk kreeg mevrouw Rooze het reizende briefje in de gaten. Nadat ze tot Mats grote tevredenheid het briefje hardop had voorgelezen, bracht ze het plukje haar tussen duim en wijsvinger naar de gulle gever terug, liet het op zijn hoofd dwarrelen en zei: 'Lieve Matthias, je hebt op het moment misschien óp je hoofd meer dan Kim, maar over wat er ín je hoofd zit begin ik me langzamerhand toch een beetje zorgen te maken.'

'Hè, wat?' mompelde Mat beduusd.

Maar mevrouw Rooze zei alleen maar: 'Zie je wel?' en liep met grote stappen terug naar het bord.

In de grote pauze gingen de Wilde Kippen op zoek naar de Pygmeeën, om ze zoals afgesproken hun tegoedbon te geven.

'Hopelijk beginnen ze niet meteen weer over mijn haar,' zei Kim.

'Ach joh,' zei Melanie, die in haar hals voelde. 'Hé, kijk eens,' fluisterde ze tegen Kim. 'Krijg ik daar een pukkel?'

'Er zit wel een rood plekje,' stelde Kim vast, 'maar het lijkt me geen pukkel.'

'Het lijkt meer op een zuigzoen,' merkte Roos droog op.

Vlug zette Melanie haar kraag op. 'Klets toch niet zo,' zei ze.

'Echt waar hoor!' Lisa nieste. 'Roos heeft gelijk. Het is sprekend een zuigzoen. Wie was de gelukkige? Zeg het maar, ik zal

het niet in ons clubboek schrijven, erewoord.'

Melanie duwde haar boos in een groepje rokende bovenbouwers.

'Pukkels en zuigzoenen,' bromde Sprotje. 'En daar moet je nog serieus naar luisteren ook! En mijn moeder stampt in de auto alleen nog maar Engelse lesjes in haar hoofd. Bij het ontbijt leest ze niet meer de krant, maar boeken over Amerika. Dat hele gedoe hier interesseert haar niet meer, zegt ze. En als ik dan zeg dat er in Amerika ook allerlei gedoe is, dan lacht ze alleen maar dom en zegt, ja, maar wel avontuurlijk gedoe. Waar slaat dat nou op? Hebben ze eigenlijk al onderzocht wat voor effect liefdesverdriet op de hersenen heeft?'

'Misschien moeten we haar aan die nieuwe bioleraar koppelen,' stelde Melanie voor. 'Je weet wel, die met dat grappige kleine vlechtje. Die is niet getrouwd, geloof ik.'

'O ja, en hoe weet jij dat nou weer?' vroeg Sprotje. 'Trouwens, een leraar komt er bij ons niet in. Over mijn lijk. Een leraar als stiefvader!' Sprotje rolde met haar ogen. 'Dat is wel het allerergste wat je kan overkomen.'

'O ja?' Melanie tuitte beledigd haar lippen. 'Heb je er liever een die de hele dag thuis zit omdat hij geen werk heeft? Daar is echt niets aan, kan ik je zeggen.'

'Ik heb er het liefst helemaal geen,' antwoordde Sprotje.

'Daar is ook niets aan,' mompelde Kim. Haar vader was twee maanden geleden verhuisd. Hij had zelfs al een nieuwe vriendin. Als Kim in het weekend bij haar vader was, kookte zij dieetmaaltijden voor haar. Bovendien leek ze te denken dat kinderen hardhorig waren, want toen ze Kim voor het eerst zag had ze op gedempte toon aan haar vader gevraagd

of zijn dochter altijd al zo dik was geweest of dat het door het verdriet om de scheiding kwam.

'Hé Kim!' Melanie trok aan haar haar. 'Loop je van je neef te dromen?'

'Je moet niet altijd denken dat iedereen is zoals jij, Mel,' zei Sprotje. 'Niet iedereen denkt de hele tijd aan jongens. Hè hè, eindelijk!' Ze begon sneller te lopen. 'Daar heb je die boskabouters. Laten we het maar doen, dan zijn we ervan af.'

De Pygmeeën schopten achter de sporthal een voetbal door de plassen. Toen Mat de Kippen aan zag komen, trapte hij de vieze bal recht tegen Roos aan. Fred trok hem aan zijn schouder naar achteren en bromde iets in zijn oor. Mat perste boos zijn lippen op elkaar, maar hij knikte gedwee.

'Zeg tegen die superspion van je dat hij met zijn leven speelt als hij zo doorgaat!' zei Sprotje terwijl ze de tegoedbon naar Fred uitstak. 'Ik ben namelijk een stuk minder geduldig dan Roos.'

'Ja ja, hij werkt ons ook op de zenuwen,' mompelde Fred. Hij bekeek de tegoedbon en vroeg: 'Heeft Roos echt een ander vriendje?'

'Nee, verdorie!' Sprotje wierp Mat een grimmige blik toe, maar die ging met zijn rug naar hen toe staan.

'*Wij, de Wilde Kippen,*' las Fred voor, '*bevestigen hierbij dat de Pygmeeën iets van ons tegoed hebben. De tegoedbon moet in de komende zes maanden verzilverd worden en geldt niet voor diensten die de trots en de eer van de Wilde Kippen geweld aandoen. Was getekend: Sprotje, Melanie, Kim, Roos en Lisa.*' Fred keek met een spottende grijns op. 'Trots en eer. Dat klinkt goed.'

'Wie heeft die kip daar eigenlijk getekend?' vroeg Steve, die over Freds schouder stond mee te loeren.

Sprotje keek hem vijandig aan. 'Ik, hoezo?'

'Lijdt die aan anorexia of zo?' vroeg Steve.

'Nou, jij in elk geval niet,' zei Melanie, die een kauwgumpje in haar mond stak.

'En jij krijgt alweer een pukkel!' antwoordde Steve vals. 'Welkom bij de Club van Krentenbollen.'

Melanie kon van woede geen woord uitbrengen. Ze legde een hand op haar glitterpleister.

'Kunnen we het nu misschien over zaterdagavond hebben?' vroeg Sprotje.

Fred keek haar grijnzend aan. 'Tuurlijk, steek van wal.'

Sprotje keek hem dreigend aan. 'Jemig, ik hoop maar dat jullie erwtenhersentjes begrijpen wat een ernstige zaak dit is. Het gaat om leven of dood, duidelijk?'

'En om kippensoep,' mompelde Steve.

Fred gaf hem met zijn elleboog een por in zijn zij.

'Dat kan zaterdag nog wat worden,' fluisterde Lisa tegen Sprotje.

'Vertel nou eindelijk eens wat de bedoeling is,' zei Fred. 'De pauze duurt niet eeuwig.'

'Oké.' Sprotje keek wantrouwig naar de andere Pygmeeën. 'We hebben al gezegd waar we elkaar ontmoeten. Om acht uur bij de dennenbomen aan het begin van de straat. Vergeet de dozen niet. Het best kun je iets meenemen om je gezicht mee zwart te maken. En trek ook maar donkere kleren aan.'

Steve grinnikte. 'Jee, ik dacht dat we alleen een paar kippen gingen jatten. Dit klinkt alsof we een bank gaan overvallen.'

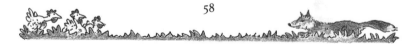

'Hou je mond, Steve,' bromde Fred. 'Met Sprotjes oma valt niet te spotten.'

Sprotje ging verder: 'De fietsen verstoppen we onder de struiken tegenover het huis van mijn oma. Als we de tuin in gaan loop ik voorop. Loop alsjeblieft niet dwars door de groentetuin, want dan moet ik hem straks weer aanharken.'

'Ja zeg, we zijn niet achterlijk of zo,' zei Willem. 'Verder nog iets?'

'Ja. Het beste kun je wat plakjes worst meenemen voor de kippen,' zei Sprotje. 'Daar zijn ze dol op, als je ze daarvan laat eten kun je ze zo pakken. Zolang wij binnen zijn staat Lisa voor het kippenhok op wacht. Zodra de kippen in de dozen zitten smeren we hem. Ik ga weer voorop. Niet praten en niet lachen, oké? Die kippen maken al genoeg lawaai.'

'Oké,' mompelden de Pygmeeën.

'Als we de tuin uit zijn,' vervolgde Sprotje, 'nemen wij de dozen achterop en brengen ze in veiligheid. Jullie wachten nog tien minuten, dan fietsen jullie ook naar huis.'

'Wij wachten nog tien minuten?' vroeg Willem. 'Ben je wel goed wijs? Zodat wij betrapt worden als je oma toch iets hoort zeker?'

'Ook goed.' Sprotje haalde haar schouders op. 'Dan rijden jullie nog mee de straat uit, maar bij het kruispunt nemen we afscheid.'

Fred trok aan zijn oorbelletje. 'Weten jullie dan al waar jullie die kippen laten?'

'In ons nieuwe clubhuis natuurlijk!' snotterde Lisa. Sprotjes waarschuwende por kwam te laat. Melanie zuchtte.

'Nee maar, kijk eens aan.' Fred keek de andere Pygmee-

en veelbetekenend aan. 'De Kippen hebben eindelijk een nest. Jullie gaan ons zeker niet verklappen waar het is, of wel soms?'

Sprotje grijnsde naar hem. 'Ik wil wedden dat je nu denkt dat jullie zaterdagavond alleen maar achter ons aan hoeven te fietsen,' zei ze. 'Zet dat meteen maar weer uit je hoofd, oké? Ik kieper je hoogstpersoonlijk van je fiets als je het probeert.'

'Tjonge, wat worden we nu bang zeg,' bromde Willem. 'Toch Fred?'

'Jullie weten ook waar ons clubhuis is,' zei Steve verontwaardigd.

'Dat jullie nou zo stom zijn om Melanie uit te nodigen!' antwoordde Sprotje. 'Maar even serieus, ik wil jullie erewoord dat jullie zaterdag niet achter ons aan komen.'

De jongens keken elkaar aan. Toen staken ze de koppen bij elkaar en begonnen te smoezen. Het duurde een hele tijd.

'Oké,' zei Fred uiteindelijk. 'Wat maakt ons het uit. We zullen zaterdag niet achter jullie aankomen. Dan gaat het alleen om de kippen, om die met die veertjes. Erewoord.'

Sprotje keek hem argwanend in de ogen, maar Fred wendde zijn blik niet af. 'Oké, jullie hebben het beloofd,' zei ze. 'Ik hoop dat het erewoord van boskabouters iets waard is.'

'Wou je ons soms beledigen?' vroeg Willem dreigend. 'We zijn goed genoeg om die stomme kippen te redden, maar verder...'

'Ach, Sprotje bedoelde het niet zo,' zei Melanie vlug.

'Wel waar,' zei Fred grijnzend. 'Ze heeft nu eenmaal een scherpe tong. Maar daar kunnen we wel mee leven.' Hij draaide zich om en sloeg een arm om Willems schouder. 'We ko-

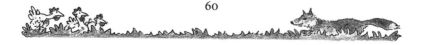

men er toch wel achter waar die wilde fladderkippen hun nest hebben.'

'Kwestie van tijd,' zei Steve.

'Precies.' Fred wenkte de anderen en liep weg.

'Ga lekker regenwormen zoeken!' riep Mat over zijn schouder. 'Daar is het vandaag perfect weer voor.'

'Precies,' zei Steve terwijl hij de voetbal uit een plas viste. 'En je haar, Kim, moet ik echt nog even zeggen, zit echt supergaaf. Het was zeker een mannenkapper?'

Toen rende hij schaterend achter de anderen aan.

'Dat moet het zijn.' Roos zette haar fiets tegen het prikkel-
draad. 'Kim zei dat het helemaal aan de rand van het bos was.'
Sprotje keek om zich heen. 'Mooi hier,' zei ze.

Het smalle weggetje waarover ze gekomen waren verdween
een stuk verderop tussen hoge bomen. Er waren maar weinig
huizen te zien. Rechts van de weg stroomde een beek traag
langs bramen en brandnetels. Op de andere oever stond tussen de kale bomen een handjevol huizen en boothuizen.

Met toegeknepen ogen tuurde Sprotje de weg af. 'Zo te zien
is er geen Pygmee achter ons aan gekomen,' zei ze.

Roos haalde haar schouders op en liep naar de verwilderde haagdoornheg die het landje van Kims vader omgaf. 'Mat
heeft donderdag na school bijles,' zei ze. 'En ik heb voor de
zekerheid het ventiel van Steve's voorwiel losgedraaid, dan
heeft hij even wat te doen. Steve is namelijk op het moment
de enige die met Mat z'n ongein meedoet. Kom, hier is de in-
gang.'

Samen maakten ze het grote getimmerde hek open, dat
scheef tussen twee posten hing. 'Zou Kims vader dat gemaakt

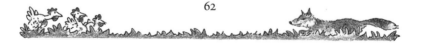

hebben?' vroeg Roos giechelend, want bij het openmaken raakte het bijna helemaal los.

Het was een reusachtige lap grond. Aan de ene kant grensde het aan het bos, aan de andere kant aan een weiland. De caravan stond ver naar achteren, onder een hoge boom, waarvan het afgevallen blad als een natte bruine muts op het dak lag.

'Hij is blauw!' stelde Sprotje verbaasd vast. 'En er is iets op geschilderd.'

Zij aan zij liepen ze op de caravan af. Sinds de verhuizing was Kims vader hier bijna niet meer geweest, het gras stond hoog. Al na een paar stappen was hun broek tot aan de knieen kletsnat.

'Moet je dat zien!' mompelde Sprotje. De caravan was niet alleen hemelsblauw, Kims vader had hem van de wielen tot aan het dak beschilderd met sterren, manen en kometen met vuurstaarten.

'Een beetje popperig hè?' zei Roos grijnzend. 'Maar wel mooi. Kom, laten we door het raam kijken.'

Sprotje hield haar tegen. 'Wacht!' fluisterde ze. 'Hoor je dat?'

Uit de caravan kwam duidelijk hoorbaar muziek, iets slijmerigs, en er waren ook stemmen te horen. Sprotje en Roos keken elkaar verbaasd aan.

'Zou dat Kims vader zijn?' fluisterde Sprotje. 'Met zijn nieuwe vriendin?'

Zachtjes slopen ze de laatste paar meter naar de caravan. Onder het raam bleven ze staan om te luisteren. Iemand giechelde. Toen werd de muziek harder gezet.

'Ik kijk even naar binnen,' zei Sprotje en ging op haar tenen staan.

'Nee!' Roos probeerde haar aan haar mouw bij het raam weg te trekken. 'Niet doen, dat gaat ons niets aan. Stel je voor dat...'

'Wat?' vroeg Sprotje met een grijns. Ze ging weer op haar tenen staan. Zo kon ze net door het donkere raam loeren. Maar tot haar grote teleurstelling was er niets te zien, behalve een tafel met een of ander voorwerp erop, maar daar lag een grote roze lap overheen. Sprotje maakte zich zo lang mogelijk.

'Sprotje, kom nou eindelijk mee!' siste Roos weer. 'We wachten wel bij de weg.'

Maar Sprotje lette niet op haar. 'Nou, dat wordt wat als Kim komt,' fluisterde ze met haar oor tegen het raam.

Roos stond alweer aan haar jas te trekken. Sprotje rukte zich zo geïrriteerd los dat ze met haar elleboog tegen de caravan stootte. De doffe dreun joeg zelfs haar de stuipen op het lijf. In de caravan verstomde de muziek.

Geschrokken hurkten de vriendinnen onder het raam.

'Shit, dat krijg je er nou van!' fluisterde Roos, maar op dat moment ging de deur van de caravan al open en kwam er iemand het trapje af. Sprotje wierp voorzichtig een blik over het gebogen hoofd van Roos.

Dat was niet Kims vader.

Nooit en te nimmer. De persoon die naar buiten kwam was hooguit vijftien jaar, niet bijzonder groot en zo mager als een lat, en hij had een hele bos zwart haar. Zoveel haar had Kims vader allang niet meer.

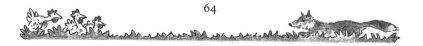

Een inbreker.

Een caravaninbreker.

Sprotjes hart klopte in haar keel, maar niet van angst. Van woede.

Ze sprong overeind en ging tot grote schrik van Roos recht voor het trapje staan.

'En wat doe jij hier?' riep ze tegen de onbekende. 'Dit is onze caravan. Wegwezen, en snel een beetje. En wee je gebeente als je iets kapot hebt gemaakt.'

De onbekende was niet ondersteboven van Sprotjes plotselinge verschijning. Hij keek ook niet erg schuldbewust. Integendeel. Hij leek zich nogal te vermaken. Hij sloeg zijn armen over elkaar en grijnsde.

'Hé, kom eens kijken, hier staat er eentje zich vreselijk op te winden!' riep hij naar de donkere caravan. 'Lang rood haar, dunne beentjes in een spijkerbroek, kwaad gezicht met rimpels tussen de ogen. Zal ik eens raden wie dat is?'

In de caravan rommelde er iets. Er was inderdaad nog iemand. Voor de zekerheid deed Sprotje een stapje achteruit. Een kleintje maar. Roos kwam achter haar staan.

'Laat me raden,' zei de onbekende. Grijnzend boog hij zich naar voren. 'Sprotje... en, wacht even... Lisa of Roos. Nee, Lisa is kleiner. Roos dus.'

Sprotje en Roos wisselden een snelle blik.

'Die heeft iets met de boskabouters te maken,' bromde Sprotje. 'Als hier weer die Mat met zijn liefdesverdriet achter zit, dan verlink ik hem hoogstpersoonlijk bij Fred. Die...'

'Hallo Sprotje.' Met een verlegen lachje verscheen Kim in de deuropening.

'Aha!' zei de onbekende, die nu Kims hand pakte. 'Het zijn twee Kippen. Ik wist het wel. Maar je hebt nooit verteld dat jullie elkaar bespioneren.'

'Doen we ook niet. We hadden hier afgesproken,' zei Kim. 'Om drie uur. Is het al drie uur? Ik...' verlegen trok ze aan haar oorlelletjes. Ze waren knalrood, nog roder dan haar wangen.

'Ja, het is drie uur,' antwoordde Sprotje. Ze loerde argwanend naar de jongen, die nu ook nog zijn arm om Kims heupen sloeg.

'Eh... ja, het is drie uur,' zei Roos, die een vriendelijk lachje op haar gezicht toverde. 'Is dat je neef, Kim?'

Kim knikte en legde schuchter een hand op Paolo's schouder. 'Ja, dit is Paolo,' zei ze. 'We, eh... we...' Ze keek achterom, naar de caravan. 'We hebben gaatjes in mijn oren gemaakt. We moesten het hier doen, want...' ze lachte opgelaten, '...nou ja, mijn moeder vond het niet goed, vanwege mijn allergie en zo, maar Paolo heeft er ook een en hij kan het heel goed. Gaatjes maken, bedoel ik. Het deed helemaal geen pijn.' Ze duwde Paolo's hand zachtjes weg en liep het trapje af. 'Hoe vinden jullie de caravan?' vroeg ze met onzekere stem. 'Een beetje popperig hè?'

'Nee, we vinden hem hartstikke mooi!' zei Roos. 'We wisten niet wat we zagen, echt waar.'

Sprotje zei niets. Ze kon haar ogen niet van Kims neef afhouden. Die grijnsde nog eens brutaal naar haar en verdween toen weer in de caravan.

'Als het donker is, is hij helemaal mooi,' zei Kim vlug. 'Zien jullie die gloeilampjes onder het dak? Die kunnen aan. En in die schuur daar achter...' ze wees naar de bosrand, '...

kunnen we mooi de kippen van oma Bergman onderbrengen, toch?'

'Vast wel.' Sprotje wierp een blik op het schuurtje. Toen keek ze weer naar Kim. Haar oorlelletjes waren echt knalrood. 'Is je neef er nu voortaan altijd als wij bij elkaar komen?' siste Sprotje. 'Want dan kunnen we net zo goed weer met Titus gaan ruziën. Die kennen we tenminste.'

'Nee, natuurlijk niet.' Kim schudde beslist haar hoofd. 'Hij logeert maar een week bij ons.'

Van de weg kwam het kippenfluitje, één keer kort, één keer lang. En dat twee keer. Het hek klepperde en Melanie stapte door het natte gras op hen af. Lisa kwam niezend achter haar aan.

'Wauw, is dit het?' riep Melanie uit. Hijgend bleef ze voor de caravan staan. 'Sterren, manen, kometen... Tja, de jongens vinden het vast veel te popperig, maar...' ze stootte Sprotje aan, '...ik vind het super, echt te gek. Daar verdient Kim wel een lintje voor, of niet?' Ze woelde door Kims korte haar. 'Hé, wat heb je met je oren gedaan? Ze...'

Ze hield abrupt haar mond.

Kims neef sprong van het trappetje af.

'Veel plezier, *bella*,' zei hij. Hij gaf Kim een zoen op haar mond, grijnsde naar de andere Kippen en rende door het hoge gras naar de weg. Hij haalde een fiets onder de laaghangende takken van de heg vandaan, tilde hem over het hek, klom er achteraan – en weg was hij.

Lisa staarde naar Kim alsof ze opeens een tweede hoofd had gekregen. Melanie stond driftig op haar kauwgom te kauwen. Roos grinnikte.

'Jullie kijken alsof jullie nog nooit een jongen hebben gezien,' zei ze. 'Kom.' Ze trok Kim mee. 'Laat ons het nieuwe clubhuis eens zien. Ik wil er elk hoekje van leren kennen.'

Toen Kim en Roos in de caravan verdwenen waren fluisterde Melanie in Sprotjes oor: 'Wat deed die gast hier? Zaten ze met z'n tweeën binnen toen jullie kwamen?'

'O Mel,' zuchtte Sprotje terwijl ze achter een snotterde Lisa aan de caravan in stapte.

Melanie bleef nog buiten staan. Ze keek even achterom naar de straat, daarna bekeek ze de caravan eens wat beter.

'We kunnen heel groot "De Wilde Kippen" op de deur schrijven!' riep ze de anderen na. 'Met gouden letters. Wat vinden jullie daarvan?'

Lisa stak haar hoofd naar buiten. 'Kom nou eindelijk eens binnen, Mel,' zei ze, 'en aanschouw het mooiste clubhuis dat de wereld ooit heeft gekend!'

'Het wordt zo warm,' zei Kim. Ze deed de deur van de caravan achter Melanie dicht en zette een klein kacheltje aan.

Kims vader had de caravan vanbinnen net zo blauw geschilderd als vanbuiten. Sterren waren er ook: het hele plafond was ermee bezaaid.

'Ik heb voor wat dingen gezorgd,' zei Kim. Ze trok de roze lap van het tafeltje onder het raam. Er kwamen kopjes en schoteltjes tevoorschijn en zelfs een klein taartje met vijf kaarsjes erop. *De Wilde Kippen* stond er in zwierige glazuurletters op geschreven. 'We moeten allemaal een kaarsje uitblazen. Ik weet wel...' Kim zette de servetten recht, die al kunstig

gevouwen op de schoteltjes stonden, '...dat we pas echt iets te vieren hebben als we de kippen gered hebben, maar toch. Paolo heeft me geholpen met bakken, anders was het me nooit op tijd gelukt. Hoe, eh... hoe vinden jullie het?'

De anderen keken haar sprakeloos aan.

Roos gaf Kim zo'n stevige knuffel dat de geleende bril van haar neus gleed.

'Geweldig!' snotterde Lisa. Ze proestte in haar zakdoek en schoof op een van de bankjes naast de tafel. 'He-le-maal geweldig!'

Sprotje ging naast haar zitten. 'Volgens mij moeten we Kim tot Erekip benoemen,' zei ze. 'Staat daar iets over in ons geheime boek?'

'Nee.' Lisa schudde spijtig haar hoofd. 'We hebben niet eens een lintje. Maar ze zou Kippenschatbewaarder kunnen worden. O shit!' Ze sloeg zich voor haar hoofd. 'Ik heb hem niet bij me. Volgende keer, oké?'

De Kippenschat bestond inmiddels uit heel veel spullen. In het oude juwelenkistje, dat Sprotje op de zolder van oma Bergman gevonden had, zaten de kaartjes van alle concerten en films waar ze samen naartoe waren geweest, met de handtekeningen die Melanie bij de concerten dankzij het daadkrachtige duw- en trekwerk van de anderen had weten te bemachtigen; een hele stapel foto's van hun laatste schoolkamp, waaronder eentje van de slapende Pygmeeën, stiekem gemaakt door Lisa; hun clubkas, waarin ze allemaal regelmatig geld stopten; en het geheime clubboek, waarin helaas nog niet al te veel geheimen stonden.

Kim werd knalrood. 'Nee, laat maar,' zei ze terwijl ze naar

het keukenblok liep en een ketel water opzette. 'Dat met die schat kan Lisa veel beter. Ik vergeet toch maar de hele tijd waar ik hem verstopt heb.'

'Moet je nou zien.' Roos kwam achter haar staan en keek bewonderend om zich heen. 'Een echt keukentje. Met servies en een kooktoestel, er is zelfs een koelkast. Waar komt de stroom vandaan?'

'We koken op gas,' legde Kim uit. 'Daar onder in dat kastje staat de gasfles, die is net nieuw. En stroom...' Ze haalde haar schouders op. 'Mijn vader heeft het wel eens verteld, maar ik ben het vergeten. Het is er in elk geval. Alleen het toilet is buiten. In dat kleine houten hokje achter de caravan. Nu in de winter is het er best koud, maar ja, het is ook maar gewoon een ton met een gat erin.'

'Dan kunnen we maar beter niet meer zoveel thee drinken hè?' zei Lisa.

'Inderdaad.' Kim grinnikte. Ze zette twee gebruikte glazen in de gootsteen en haalde een theepot uit een klein kastje aan de muur. In de glazen zat nog een restje cola.

Melanie rook eraan. 'Kijk eens aan, die twee hebben cola met rum gedronken.'

'Nou en?' Roos spoelde de cola weg en duwde Melanie aan de kant. 'Maak je eens nuttig. Steek de kaarsjes op de taart maar aan.'

'Ja ja.' Melanie griste de lucifers uit Kims hand. 'Maar ik vind dat er in een club geen geheimen horen te zijn.'

'O nee?' Sprotje haalde haar hoofd uit de kast die ze aan het inspecteren was. 'Vertel dan maar eens van wie je die zuigzoen hebt.'

Melanie beet op haar lip en stak zonder nog iets te zeggen de kaarsjes aan.

Toen Kim de thee ingeschonken had bliezen ze de kaarsjes allemaal tegelijk uit, waarna Roos de taart aansneed. Kim nam ook een stuk – een extra groot stuk zelfs.

Melanie keek haar verbaasd aan. 'Eet je weer taart? Sinds wanneer? Hoe zit het met je dieet?'

Kim haalde haar schouders op en stak genietend de vork in haar mond. 'Ach, geen zin meer,' zei ze met volle mond. 'Paolo zegt dat het sowieso niet helpt om op dieet te gaan. Weten jullie wat hij vertelde? Dat ik in sommige delen van de wereld een echte schoonheid zou zijn. In Arabië bijvoorbeeld.' Ze giechelde. 'Stel je voor, Melanie vinden ze daar allemaal lelijk, vanwege al die uitstekende botten.'

'Vanwege wat?' vroeg Melanie verontwaardigd. 'Die gast is echt niet lekker!'

Roos grijnsde. 'Wind je niet op, Mel, we zijn hier toch niet in Arabië,' zei ze. 'Hoe zit dat eigenlijk in Amerika, Sprotje?'

Maar Sprotje luisterde niet. Ze stond op en liet zich op het dikke schuimrubberen matras aan de andere kant van de caravan vallen. 'Zouden we hier ook een keertje kunnen slapen?' vroeg ze. 'Wij met z'n allen? Dat zou wel gaaf zijn hè?'

Lisa keek weifelend uit het raam. 'Het is hier wel een beetje afgelegen hoor.'

'Ach, we zijn toch met z'n vijven,' zei Sprotje. 'Wat kan er nou gebeuren?'

'In elk geval hebben we nu andere dingen aan ons hoofd.' Roos schonk nog een keer thee in. 'Het is al donderdag, we moeten dringend iets voor de kippen bouwen. Een ren of zo,

waar ze vanuit de schuur in kunnen komen.'

'Je hebt gelijk,' zuchtte Sprotje. Ze ging weer bij de anderen aan tafel zitten. 'Maar hoe komen we aan gaas voor het hek? Moeten we geld bij elkaar leggen en het bij de doe-het-zelver gaan kopen?'

'Laten we eerst maar bij de sloperij gaan kijken!' zei Lisa met haar verkouden stem. Ze warmde haar handen aan haar hete theekopje. 'Daar liggen meestal wel resten gaas.'

'Goed idee.' Sprotje keek naar buiten. Er kwam mist opzetten. Boven het vochtige gras hing al een witte deken. 'Laten we dat vandaag nog doen. Ik zou eigenlijk veel liever hier blijven, maar we hebben niet veel tijd meer.'

Kim keek verlegen op haar horloge. 'Eh... ik... wist niet dat we dat vandaag zouden gaan doen,' zei ze. 'Ik heb afgesproken om naar de bioscoop te gaan, de film begint om vijf uur. Maar...' Ze wierp een onzekere blik op Sprotje.

'Je gaat naar de film?' Melanie keek Kim aan alsof er hoorntjes uit haar hoofd groeiden. 'Je wilde toch niet meer naar de film omdat je het daar nooit kunt laten om snoep te kopen. Zeg niet dat je met je...'

'Kim mag gerust naar de bioscoop!' viel Roos haar in de rede. 'Dat gaas kunnen we ook zonder haar halen en die ren moeten we toch een andere keer bouwen. Als we terug zijn van de sloperij is het al stikdonker.'

'Dat is waar.' Sprotje haalde haar schouders op.

'O bedankt,' stamelde Kim. 'Maar laat de afwas maar staan, oké? Die doe ik later wel. En voor morgen maak ik geen afspraken. Erewoord.'

Toen ze op de fiets stapten ging Kim ervandoor als of er

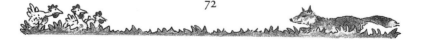

marsmannetjes achter haar aan zaten. Melanie keek haar hoofdschuddend na.

'Ik denk dat Kim gewoon niet met Mel naar de film wil,' fluisterde Sprotje tegen Lisa. Ze fietsten naast elkaar het smalle weggetje af. 'Want die gaat alleen maar naar de film omdat daar jongens zijn die zeggen dat ze mooi haar heeft en haar met popcorn bekogelen.'

Lisa moest zo hard lachen dat ze zigzag over de weg slingerde.

'Wedden dat je iets gemeens zei, Sprot?' riep Melanie achter hen.

'Niets dan de waarheid, Mel!' riep Sprotje over haar schouder. 'Op mijn heiligste Kippenerewoord. Niets dan de waarheid.'

De meisjes waren al lang niet meer op de sloperij geweest, hoewel de Pygmeeën daar in de buurt hun boomhut hadden.

'Hoe lang geleden is het dat we hun ladder doorgezaagd hebben?' vroeg Lisa onderweg.

'Minstens zes weken,' antwoordde Roos. De doorgezaagde ladder was een wraakactie geweest voor een stuk pens in Sprotjes schooltas – en de laatste streek die ze elkaar geleverd hadden. Om een of andere reden was het opeens niet leuk meer om de hele tijd van die flauwe dingen uit te halen. Afgezien van Mat met zijn privé-grappen, leken de Pygmeeën er net zo over te denken.

Maar Melanie beweerde dat de jongens zich alleen maar zo vredig gedroegen omdat ze hun handen vol hadden aan het winterklaar maken van hun boomhut. En Lisa was ervan overtuigd dat Steve tussen zijn kaarten een lijst van rotstreken in een door hemzelf bedachte miniatuur-geheimtaal had, waarmee de jongens de troosteloos saaie winter een beetje wilden opvrolijken. Het was Lisa tot nu toe niet ge-

lukt die schandelijke lijst achterover te drukken. Steve waakte over zijn kaarten als over een schat.

'Hé, stonden die graafmachines hier zes weken geleden ook al?' vroeg Lisa toen ze bij de sloperij waren. Er dwarrelden een paar verdwaalde sneeuwvlokken uit de lucht. Het was akelig koud.

'Nou, vorig weekend stonden ze er nog niet,' zei Melanie. Toen ze merkte dat de anderen haar verbaasd aankeken liep ze rood aan onder haar bruine pukkelcrème. 'Kijk niet zo! Ja, ik ben hier geweest. Ik ben zelfs in de boomhut geweest. De jongens vroegen of ik wilde helpen de nieuwe verf uit te kiezen.' Rillend zette ze haar kraag op. 'Nou? Word ik nu als verrader doodgeschoten? Ik vind ze nu eenmaal niet zo irritant als jullie. Soms vind ik het juist heel leuk om met ze om te gaan. Ik heb ze niet onze geheimtaal geleerd en ons geheime boek had ik ook niet bij me, oké? Al staat daar toch niets interessants in.'

'Ik vind het best hoor,' zei Roos. 'Als jij ze niet irritant vindt.' Ze liep met haar fiets een beetje dichter naar het grote hek. 'Dat bord stond er toen toch ook nog niet, of wel?' Op het terrein stonden twee hoge palen met een reusachtig bord eraan gespijkerd.

'*Ons schroot- en onderdelenbedrijf gaat uitbreiden,*' las Roos hardop. '*Na voltooiing van de bouwwerkzaamheden zal de opslagcapaciteit verdubbeld zijn. Voorgenomen begin van de werkzaamheden: 14 november.*' Roos keek verbaasd om zich heen. 'Dat is maandag al. Waarheen gaan ze dan uitbreiden? Daar voor is de weg.' Ze draaide zich naar de anderen om. 'Ze gaan het bos kappen!'

Ze staarden met z'n allen ongelovig naar het bord. Tot Lisa begon te lachen. 'Dat is een goeie. Hebben wij eindelijk een clubhuis, raken de Pygmeeën dat van hun weer kwijt. Toevallig hè?'

'Ja, heel toevallig,' mompelde Sprotje, die nog steeds naar het bord keek.

'Wat valt er nou te lachen?' zei Melanie boos tegen Lisa. 'De jongens hebben zoveel werk in hun boomhut gestoken. Het is...' ze streek het haar uit haar gezicht, '...het is een soort thuis voor ze.'

'Nou en?' Lisa boog zich beledigd over haar stuur. 'Weet je nog hoe leuk zij het vonden toen onze planken hut instortte? Ben je vergeten wat een hoop domme opmerkingen we toen moesten aanhoren?'

Sprotje manoeuvreerde haar fiets tussen de twee in. 'Kalm nou maar, Mel,' zei ze. 'Lisa heeft gelijk. De Pygmeeën zijn gespecialiseerd in leedvermaak.'

'Wat een onzin!' Roos stapte van haar fiets en drukte Sprotje het stuur in handen. 'Dat geklets van ze moet je toch niet serieus nemen. Als het erop aankomt helpen ze ons altijd. Of hebben we soms lang moeten bedelen voor ze ons wilden helpen met de kippen?' Met een vastberaden uitdrukking op haar gezicht marcheerde ze door het open hek van de sloperij.

'Wat ben je van plan?' riep Sprotje haar ongerust na.

'Ik ga vragen waarheen ze willen uitbreiden,' antwoordde Roos zonder zich om te draaien. Ze baande zich een weg door bergen oude auto's en bouwafval, tot ze voor het houten kantoortje stond waarin een opzichter naar de radio zat

te luisteren. Zonder te aarzelen klopte ze aan.

'Dat ze dat durft,' fluisterde Lisa vol ontzag. 'Ik krijg altijd buikpijn als ik bij vreemden moet aankloppen om iets te vragen.'

'Tenzij je ze je waterpistool onder de neus mag houden,' zei Melanie.

'Roos durft dit soort dingen ook pas sinds ze dat vrijwilligerswerk doet,' mompelde Sprotje. 'Ik kan de naam van die organisatie nooit onthouden.'

'*Terre des hommes*,' zei Melanie kattig. 'Die organisatie heet *Terre des hommes*. Dat is Frans. Die bewaker doet niet open. Moet je zien. Ze klopt gewoon nog een keer.'

Roos roffelde met haar vuist op de houten deur. Deze keer had ze succes. De opzichter stak nors zijn hoofd naar buiten. De andere Kippen konden niet horen wat Roos zei, maar ze zagen dat de man antwoord gaf en naar het bos wees. Toen smeet hij de deur in Roos' gezicht dicht. Bedrukt kwam ze terug gelopen.

Toen ze weer naast hen stond vroeg Sprotje ongeduldig: 'Zeg nou, wat zei hij?'

'Ze gaan het hele bos omhakken,' antwoordde Roos. 'Maandag gaan ze met die graafmachines aan het werk. De poel bij de boomhut gooien ze dicht.'

'O nee!' steunde Melanie. 'De jongens werken zich al weken kapot.' Met opeengeklemde kaken keek ze naar het bos.

'Weten jullie wat?' Sprotje keerde haar fiets. 'Daar kunnen we ze beter zelf achter laten komen. We halen gauw ons gaas en gaan er weer vandoor.'

Maar Roos schudde beslist haar hoofd. 'Nee, dat kunnen

we niet maken. Ik vind dat we het moeten zeggen.'

'Vind ik ook,' zei Melanie, die naar de graafmachines stond te staren.

'Mij best.' Lisa haalde haar schouders op. 'Maar hun kennende geven ze ons straks nog de schuld van dat hele gedoe ook.'

'Vast wel,' mompelde Sprotje. 'Nou goed dan. Laten we het maar meteen doen.'

Zwijgend liepen ze met hun fietsen naar de bosrand, zetten ze op slot en gingen op weg naar de boomhut van de Pygmeeen. Tussen de bomen begon het al donker te worden, maar de meisjes wisten precies de weg.

Al van ver hoorden ze Willems cd-speler door het bos galmen.

'Wat een afbraakmuziek,' mompelde Lisa. Ze ging snotterend met haar mouw langs haar neus. Haar zakdoekjes waren weer eens op.

Onder het dak van de boomhut bungelden drie grote petroleumlampen. Het licht viel op het donkere water van de poel beneden. Het platform voor de boomhut was zo fel verlicht dat de meisjes de Pygmeeën ondanks de schemering duidelijk konden herkennen. Ze waren de houten wanden echt zwart aan het schilderen, zoals Melanie verteld had. Ze waren in een opperbest humeur, zaten elkaar met druipende kwasten achterna, sloegen met stokken de maat van de muziek en voelden zich kennelijk de koning te rijk.

'We kunnen beter even laten weten dat we er zijn hè?' zei Sprotje toen ze aan de rand van de poel tussen de bomen stonden en omhoog keken. 'Ik heb geen zin om ze met zulk slecht nieuws te overvallen.'

Melanie knikte, keek om zich heen en schopte met haar voet wat dorre bladeren weg. 'Er zit hier ergens een alarmsysteem,' zei ze. 'Daar.'

Ze stak de punt van haar schoen onder een snoer dat over de bosgrond liep en gaf er een ruk aan met haar voet.

Boven in de boomhut van de Pygmeeën begon een sirene te huilen. Geschrokken lieten de jongens hun kwasten vallen. Mat vloog op de cd-speler af en zette hem uit, en Fred en Willem haalden bliksemsnel de ladder in. Toen ze de vier meisjes tussen de bomen tevoorschijn zagen komen, bogen ze zich wantrouwig over de rand. De ladder lieten ze boven.

'Zet die sirene nou eens uit, Steve!' brulde Fred.

Steve schoot haastig de boomhut in. Even later daalde er een weldadige stilte over het bos neer.

'Goeie genade, wie verwachten jullie eigenlijk?' riep Sprotje spottend naar boven. 'Een massale aanval van marsmannetjes? Waar hebben jullie die sirene eigenlijk vandaan?'

'Dat is een bandopname,' bromde Fred. 'Maar ik ga jullie heus niet vertellen hoe ons alarm werkt. Wat moeten jullie hier? Ons kippenvoer is helaas op.'

'We hebben iets gezien!' riep Lisa. 'En we dachten dat we het jullie maar beter konden vertellen.'

'Ze hebben iets gezien!' Fred draaide zich grijnzend naar de andere Pygmeeën om. 'Tjonge. Straks gaan ze ons nog vertellen dat er echt groene mannetjes bestaan.'

'Precies!' Steve leunde zo ver naar voren dat hij bijna van het platform viel. 'Zien jullie niet dat Kim er niet bij is? Die is natuurlijk gekidnapt door de groene mannetjes, omdat ze zo'n te gek gaaf kapsel heeft.'

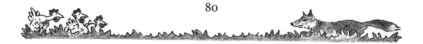

Sprotje maakte geërgerd rechtsomkeert. 'Kom,' zei ze tegen de anderen, 'we halen het gaas en gaan ervandoor. Ze komen er vanzelf wel achter wat er aan de hand is. Op z'n laatst als die graafmachines deze kant op komen.'

'Hé wacht!' Fred gaf Willem een teken en de jongens lieten de ladder weer zakken. 'Kom boven,' zei Fred.

Sprotje hield er helemaal niet van om ladders op te klimmen. Maar ze had ook geen zin om voor die jongens af te gaan. 'Jij eerst!' zei ze tegen Roos. Met opeengeklemde kaken ging ze achter haar vriendin aan de wankele ladder op.

'Maak eens een beetje plaats,' zei Fred tegen Steve en Mat, terwijl hij en Willem met over elkaar geslagen armen naast de ladder stonden te wachten. Ze leken de vreedzame bedoelingen van de Kippen niet helemaal te vertrouwen. Mat ruimde mopperend de schilderspullen op en Steve haalde de kist die als tafel diende uit de boomhut, zette er kartonnen bekertjes op en haalde een fles cola uit de voorraadkast.

'Vertel op,' zei Fred toen ze met z'n allen om het tafeltje zaten.

Sprotje was zo ver mogelijk bij de rand vandaan gaan zitten en probeerde niet te denken aan de afgrond die haar aan alle kanten omringde. 'Roos, vertel jij het ze maar,' zei ze zonder de jongens aan te kijken. Ze was tien keer, nee, honderd keer liever hierheen gekomen om de jongens een gemene rotstreek te leveren. Want dit hier...

Roos schraapte haar keel. 'Zijn jullie vandaag nog langs de sloperij gekomen?' vroeg ze hoopvol. Misschien wisten ze het al. Maar Fred schudde zijn hoofd.

'Nee,' zei hij. 'We komen altijd van de andere kant. Hoezo?

Heeft Mat daar ook iets over jou op een muur geschreven?'

Steve grinnikte, haalde zijn waarzegkaarten uit zijn zak en begon ze te schudden.

'Goed idee,' bromde Mat, die dreigend naar Roos keek.

'Jeetje Mat, hou nou eindelijk eens op met dat jaloerse gedoe van je!' viel Fred uit. 'Of zijn jullie echt daarom hier?'

'Echt niet!' Roos streek geïrriteerd haar donkere haar uit haar gezicht. 'Er staan allemaal graafmachines op het terrein van de sloperij. En er staat een bord. Dat het terrein uitgebreid wordt.'

'Aha. En?' De jongens keken haar niet-begrijpend aan. Steve trok een paar kaarten. Willem schonk voor iedereen cola in, gaf Melanie een beker aan en schoof wat dichter naar haar toe.

'Roos heeft de bewaker gevraagd waar ze precies gaan uitbreiden,' flapte Lisa eruit. 'En die vertelde dat...' Ze staarde naar de pas geverfde boomhut en kon geen woord meer uitbrengen.

'Er zit een spin in je haar,' mompelde Willem. Voorzichtig viste hij iets uit Melanies haar.

'Waar hebben jullie het in hemelsnaam over?' vroeg Fred ongeduldig. 'Wat is er met die sloperij?'

'Hé,' Steve keek fronsend naar zijn kaarten. 'Wat heeft dat nou weer te betekenen? Gatver, een spin...'

'Ze gaan het hele bos omhakken, zodat die stomme sloperij uitgebreid kan worden!' riep Sprotje geprikkeld. 'De graafmachines staan al klaar! Maandag beginnen ze! De opzichter heeft het zelf tegen Roos gezegd. Begrijpen jullie nu wat er aan de hand is?'

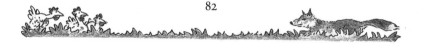

Het werd heel erg stil, zo stil als tussen de bomen om hen heen, die in de avondschemering bijna niet meer te herkennen waren.

'Jullie maken een domme grap hè?' vroeg Fred. Hij klonk schor, alsof hij opeens zijn stem kwijt was.

Willem keek Melanie vlug van opzij aan. 'Nemen jullie ons in de maling?' Hij schoof bij haar vandaan en kwam overeind.

'Nee, helemaal niet!' zei Roos boos. 'Ga dan zelf kijken als je ons niet gelooft. Ze gaan de hele boel hier platgooien.'

Steve liet de kaarten uit zijn hand vallen. Er viel er eentje in zijn beker. 'Dood en verderf,' fluisterde hij terwijl hij de kaart snel met zijn sweater afdroogde.

'Dat kan toch helemaal niet!' riep Mat uit. 'Hoe... hoe... hoe moet het dan met de poel? Er zitten toch kikkers in en padden en zo. Ik dacht dat die beschermd moesten worden!'

Roos schudde haar hoofd. 'De poel gooien ze dicht, zei die opzichter. Valt niet onder natuurbescherming of zo. Het bos ook niet. Het schijnt niet zo waardevol te zijn, in elk geval niet zo waardevol als een sloperij.'

De Pygmeeën staarden haar aan.

'Mat!' Fred knipte met zijn vingers. 'Ren naar de sloperij en zoek uit wat er aan de hand is. De dames...' hij keek de Kippen een voor een aan, '...mogen ons gezelschap houden tot je terug bent. Die vier gaan pas weer naar huis als we zeker weten dat ze ons niet in de zeik nemen.'

Mat knikte, sprong op en liep naar de ladder. Even later was hij verdwenen. Het was nog steeds zo stil dat ze konden horen hoe hij zich een weg door het struikgewas baan-

de. Steve raapte met trillende vingers zijn kaarten op. Willem staarde voor zich uit in het donker.

'Denk maar niet dat je ons kunt dwingen hier te blijven,' snauwde Sprotje tegen Fred. 'We blijven alleen zodat jullie straks meteen sorry tegen ons kunnen zeggen.'

'Precies,' zei Lisa, die haar waterpistool op haar schoot legde.

'Ach, laat toch zitten,' mompelde Melanie. 'Ik weet ook niet wat ik zou doen als ik zulk nieuws kreeg. Jullie wel soms?'

Het leek een eeuwigheid te duren voor Mat terugkwam. Zwijgend zaten de Pygmeeën en de Kippen te wachten.

'Dat gaas kunnen we nu wel vergeten,' zei Lisa op een bepaald moment, maar ook daarop zei niemand iets terug.

Uiteindelijk hoorden ze Mat hijgend de ladder op komen.

'Verslag!' zei Fred – en de Pygmeeën keken hun spion hoopvol aan.

'De Kippen hebben gelijk!' stootte Mat uit. 'Ze gooien alles plat, het bos, de poel... en onze boomhut.' Met een ruk keerde hij de anderen de rug toe. Hij ging op de rand van het platform zitten en begon te huilen.

'Getver!' Steve gooide zijn kaarten op tafel en verborg zijn gezicht in zijn handen.

Fred zat er als versteend bij. Willem sloeg zonder iemand aan te kijken met zijn vuist in zijn handpalm.

'Kom mee.' Sprotje stond op. Zwijgend liepen de Kippen naar de ladder.

Voor ze naar beneden klom draaide Roos zich nog een keer om. 'Het spijt ons heel erg,' zei ze. 'Echt.'

Op dat moment draaide Willem door.

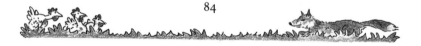

'Al dat werk!' brulde hij. 'Allemaal voor niets!' Hij greep het tafeltje, zodat Steve's kaarten en de kartonnen bekertjes alle kanten op vlogen, en smeet het in de poel. Toen begon hij als een bezetene tegen de wanden van de boomhut te schoppen, net zolang tot een van de planken in tweeën spleet. Hij rukte de plank los en slingerde ook die de diepte in. Steve kon nog net de cd-speler redden, maar hun kwasten, de lege verfblikken, alles wat Willem in zijn vingers kreeg, vloog de poel in en verdween met een zuigend geluid in het slijk.

De Kippen stonden als aan de grond genageld bij de ladder. Zelfs de andere Pygmeeën wisten niet hoe ze op Willems woede moesten reageren.

Opeens stapte Melanie op hem af.

'Pas op, Mel!' zei Roos, maar Melanie had al een hand naar hem uitgestoken. Ze pakte Willem bij een arm en hield hem vast.

'Hé, die spullen kunnen jullie nog gebruiken,' zei ze met haperende stem. 'Voor jullie nieuwe clubhuis. Oké?'

Willem stond erbij alsof hij was leeggelopen. Melanie drukte hem tegen zich aan, heel even, heel snel. Toen draaide ze zich om, liep naar de ladder en klom naar beneden.

De andere Kippen gingen zwijgend achter haar aan. Boven in de boomhut was het weer stil, afschuwelijk stil.

'Eigenlijk heb ik best medelijden met ze,' zei Lisa toen ze achter elkaar door het donkere bos strompelden. 'Zo'n mooi clubhuis krijgen ze nooit meer. Dat zwart zag er echt gaaf uit.'

'Mijn vader is een paar dagen geleden ook zo uit zijn dak

gegaan,' mompelde Melanie. 'Hij smeet de broodrooster uit het raam, de eierkoker, de radio. Omdat we naar dat kleinere huis moeten verhuizen.'

'Heeft hij nog steeds geen werk?' vroeg Roos.

Melanie schudde haar hoofd.

'Overal gaat het fout, waar je ook kijkt,' mompelde Sprotje.

Zwijgend baanden ze zich een weg door de braamstruiken. Roos sloeg een arm om Melanies schouders.

'Misschien kan Steve eens in zijn kaarten kijken wanneer er eindelijk een einde komt aan al die ellende,' snotterde Lisa, niezend in haar mouw.

'Weten jullie wat het ergste is!' Melanie gooide haar haar naar achteren. 'Mijn moeder zegt dat ze mijn zakgeld moeten korten. Ze wil niet eens de reinigingscrème kopen waarover ik gelezen heb. Ze geeft nu geen veertig euro uit aan een tube crème, zegt ze. Wat vinden jullie daar nou van? Is een tube crème nou echt te veel gevraagd, terwijl ik in het nieuwe huis niet eens een eigen kamer krijg en voortaan bij mijn achterlijke zus moet slapen?'

Sprotje en Roos wisselden een blik. Roos haalde haar arm van Melanies schouders. 'Veertig euro?' vroeg ze. 'Veertig euro voor een crème? Weet je, Mel, soms ben je echt niet goed bij je hoofd. Daar kunnen kinderen in andere landen een heel jaar van eten.'

'Jemig, doe toch niet altijd zo heilig!' snauwde Melanie. 'We zijn niet in andere landen. En daar hebben ze misschien weer geen huidproblemen.'

Daar wist Roos niets op te zeggen.

'Daar zijn onze fietsen al,' zei Lisa vlug. 'Zullen we maar meteen naar huis gaan? Dat gaas kunnen we morgen ook nog wel halen, of niet?'

'Best,' mompelde Sprotje. Ze maakte haar slot los en ging op het zadel zitten. 'Weet je, Mel?' zei ze. 'Ik vind ook dat je niet goed wijs bent. Maar dat met Willem, dat deed je hartstikke goed. Dat vind ik echt.'

Melanie stapte met een onbewogen gezicht op haar fiets. 'Hoe laat spreken we morgen af?' vroeg ze bits.

'Meteen na school?' stelde Sprotje voor. 'Dan kunnen we in de caravan ons huiswerk maken.'

'Oké,' knikte Melanie.

Roos en Lisa vonden het ook goed.

'Ik moet wel mijn broer meenemen,' zei Roos toen ze de donkere weg af fietsten. 'Ik ben morgen aan de beurt om op te passen.'

'Welke neem je mee, die grote of die kleine?' vroeg Sprotje bij de fel verlichte hoofdweg. Hier scheidden hun wegen; Roos en Sprotje moesten naar rechts, Melanie en Lisa naar links.

Roos grinnikte. 'Die kleine natuurlijk.'

'Gelukkig maar,' zei Lisa. 'Die krast hooguit wat in onze schriften.' Grijnzend stootte ze Melanie aan. 'Of heb jij liever die grote erbij?'

'Laat me nou toch eens met rust, stelletje kakelende kippen!' mopperde Melanie. Maar ze moest toch lachen.

De volgende dag vielen de laatste twee uur uit, want mevrouw Rooze was zo verkouden dat er alleen maar gekras uit haar keel kwam. De Pygmeeën moesten op school blijven omdat ze in de grote pauze met een paar jongens uit de parallelklas hadden gevochten. Ze waren met een verschrikkelijk humeur op school gekomen en na de vechtpartij zagen ze er ook nog eens verschrikkelijk uit. De Kippen overlegden of ze mevrouw Rooze over de graafmachines moesten vertellen, maar toen Roos op haar af wilde stappen, maakte mevrouw Rooze net snotterend haar bureau leeg voor meneer Van Eis, en die kon je beter helemaal nergens iets over vertellen.

Kim liet bij wijze van troost twee chocoladerepen voor de jongens achter, en Melanie gaf Willem een van haar bloemetjeszakdoeken voor zijn bloedneus. Daarna ging ze met Sprotje op weg naar de sloperij, waar ze zo goedkoop gaas en palen kochten dat er nog genoeg geld in de clubkas zat voor drie zakken chips en twee literflessen cola. Roos bleef op school om posters op te hangen voor een inzamelingsactie. Lisa moest eerst naar huis omdat ze van haar moeder niet

met anderen samen huiswerk mocht maken, en Kim – tja, die wilde eerst even met Paolo lunchen.

Maar om twee uur zouden ze allemaal bij de caravan zijn.

Toen Melanie en Sprotje hun zwaarbeladen fietsen voor het hek zetten, stond Kim al tegen de heg geleund. Ze had thee gezet en de caravan vast warm gestookt. Het was een koude dag, maar de zon scheen en de blauwe caravan zag er nog mooier uit dan de dag ervoor.

'Wat is het hier gezellig!' zuchtte Melanie toen ze naar binnen klauterden. De zon scheen door het raam en fijn stof danste als zilverpoeder in haar stralen. 'Kunnen we niet eerst thee drinken voor we aan het werk gaan?'

'Nee,' zei Sprotje. 'Eerst het werk, dan de lol. Zet de thee maar op het waxinelichtje, Kim.'

Toen ze met z'n drieën de rol gaas naar de schuur sleepten, kwamen ook Lisa en Roos eraan – zonder broertje.

'Ik heb met Titus geruild!' riep Roos van de andere kant van het grasveld. 'Hij past vandaag op en in ruil daarvoor ga ik morgen met die hummel naar de lampionoptocht.'

'Morgenavond?' riep Sprotje geschrokken uit. 'Maar dan zouden we toch de kippen kidnappen!'

'Ach, tegen die tijd is de optocht allang afgelopen,' zei Roos, die een gereedschapskist naast Sprotje in het gras zette. 'Luca had ons vandaag knettergek gemaakt, dat kan ik je wel vertellen. We hadden nog geen paaltje in de grond kunnen slaan zonder dat hij "ik ook!" had lopen brullen. Luca slaapt altijd met zijn plastic hamertje, en als hij deze hier gezien had...' ze haalde een zware moker uit de kist, '...dan hadden we die hem de hele tijd af moeten pakken.'

'Goed, daar gaat ie dan.' Samen rolden ze het gaas uit en legden ze de palen neer op de plaats waar ze de grond in moesten.

'Denk je dat de ren zo groot genoeg wordt?' vroeg Roos toen ze klaar waren. 'Hij is veel kleiner dan die van je oma.'

'Maakt niets uit. Hou eens vast.' Sprotje sloeg de eerste paal in de grond. 'Ik heb gisteren buizerds boven het bos zien cirkelen. Daarom kunnen we er beter fruitboomnetten boven spannen en die zijn niet zo groot. Ik probeer er bij O.B. een paar te jatten.'

'Hebben jullie mij trouwens al voor die twee uitgevallen uren bedankt?' vroeg Lisa terwijl ze de ene paal na de andere overeind zetten.

'Hoezo? Au, shit!' Bezorgd bekeek Melanie naar haar zwart gelakte nagel. 'Ik heb een nagel gebroken!'

'Maak je geen zorgen, die andere breken ook nog wel,' zei Sprotje. Ze gaf de hamer aan Lisa, zodat die haar kon aflossen. Melanie stak haar tong naar haar uit.

'Ja, die uitgevallen uren hebben jullie aan mij te danken!' Lisa ramde zo hard met de moker op de paal dat Kim achteruit deinsde. 'Ik heb namelijk een heleboel gebruikte zakdoekjes in de prullenbak onder Roozes bureau gegooid. Daardoor konden al die bacillen goed in haar neus komen.'

'Echt?' Sprotje grijnsde. 'Had jij dat van Lisa gedacht, Mel?'

'Nooit,' zei Melanie terwijl ze een splinter uit haar vinger pulkte. 'Ze ziet er zo onschuldig uit.'

'Lisa's sterrenbeeld is Tweelingen,' zei Kim. 'Tweelingen hebben altijd twee gezichten. Daarom is ze ook zo'n goede spion. Ik ben een Weegschaal. Ik kan niet eens liegen.'

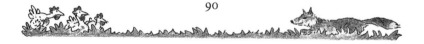

'O nee?' Lisa keek haar geïnteresseerd aan. 'Vertel dan maar eens hoe het zit tussen je neef en jou.'

Kim werd rood.

'Laat dat, Lisa,' zei Sprotje. 'Spioneer maar bij de Pygmeeen, maar niet bij ons, oké?'

'Ja ja, goed.' Lisa lachte verlegen. 'Het maakt ook eigenlijk niets uit. Dat met die zakdoekjes was in elk geval wraak voor al die schoolstress die ik heb. Weten jullie dat mijn moeder me al wilde verbieden om naar onze club te gaan, zodat ik meer tijd zou hebben voor mijn huiswerk?'

'Dat ken ik,' mompelde Melanie. 'Wat heb je tegen haar gezegd?'

Lisa haalde haar schouders op. 'Ik heb gezegd dat jij een echt wiskundewonder bent en dat Sprotje een kei is in Engels en dat we meestal toch alleen maar huiswerk maken samen.' Met een zucht liet ze de zware hamer zakken. 'Toen ze ons notulenboek vond, geloofde ze me helaas niet meer.'

Het duurde bijna twee uur voor de ren klaar was. De uiteinden van het gaas timmerde Sprotje met houten latten aan de wanden van de schuur vast. Opeens bukte ze zich om naar iets in het gras te kijken. 'Balen,' zei ze. 'Vossendrollen. Als ik het niet dacht.' Bezorgd keek ze naar de bosrand, die nog geen tien passen voorbij de schuur lag. 'Hopelijk redden we de kippen niet alleen maar om ze door de vossen op te laten vreten.' Zuchtend kwam ze weer overeind. 's Nachts moeten we ze in elk geval in de schuur stoppen. Ik haal nog wel ergens een grendel voor de deur.'

In gedachten verzonken raapten ze het gereedschap bij elkaar en slenterden terug naar de caravan. De lucht betrok. De

zon verdween steeds vaker achter grijze wolken. Kim voelde een regendruppel op haar neus.

In de caravan was het lekker warm. Melanie had haar cd-speler meegenomen zodat ze naar muziek konden luisteren, ze dronken thee, aten chips en maakten hun huiswerk.

'Dat we ooit zo'n gezellig clubhuis zouden krijgen!' zuchtte Roos toen ze hun schoolwerk weer in hun tassen stopten. 'Geen volwassenen, geen broertjes die irritant lopen te doen...'

'Inderdaad.' Melanie voelde aan haar hartjespleister. 'En een heleboel ruimte voor posters.'

'O nee!' zei Sprotje. 'Geen posters! Dit is het clubhuis van de Wilde Kippen, niet van een of andere domme fanclub.'

Melanie perste haar lippen op elkaar. Haar onderlip trilde verdacht. 'Weten jullie wat, ik ben het zat!' riep ze. 'Als mijn zus haar zin krijgt mag ik in het nieuwe huis mijn posters alleen op de wc ophangen, en nu komen jullie ook al met dat domme geouwehoer.'

Kim draaide zenuwachtig aan haar nieuwe oorbelletjes. 'We kunnen het zo doen dat we allemaal voor één hoekje van de caravan zorgen. Bijvoorbeeld, Roos voor de keuken – de afwas en zo telt natuurlijk niet mee – Sprotje voor de hoek met het matras, ik voor de tafel hier, Lisa voor de muur ertegenover en...'

'...en ik voor de plee buiten,' bromde Melanie.

De anderen giechelden.

'Je mag ook wel de keuken hebben,' zei Roos.

'Nee dank je, hou maar.' Melanie keek om zich heen. 'Kan ik de deur en de ramen niet krijgen?'

Sprotje zuchtte, maar de anderen vonden het goed.

Buiten werd het donker. De regen roffelde steeds harder op het dak van de caravan en Kim stak een paar kaarsen aan.

'Ik vind het zo spannend, van morgenavond,' zei Roos. 'Jullie ook?'

De anderen knikten. Een tijdje zaten ze zwijgend naar het donker buiten te kijken.

'Het gaat wel lukken,' zei Sprotje toen. 'Dit wordt het beste wat de Wilde Kippen ooit hebben gedaan.'

'Absoluut.' Lisa rekte zich geeuwend uit. 'O trouwens, Sprotje, wil je moeder nog steeds naar Amerika emigreren?'

Sprotje leunde met een diepe zucht naar achteren. 'Aan het ontbijt praat ze Engels met me. Kan het nog irritanter?'

Lisa boog zich over de tafel. 'Ik kreeg laatst opeens een idee. We zouden een contactadvertentie voor haar kunnen plaatsen. Knappe taxichauffeuse zoekt man voor het leven of zo?'

Kim giechelde.

Sprotje keek Lisa ongelovig aan. 'Watte?'

'Ik vind het helemaal geen slecht idee,' zei Melanie, die cola in haar lege theekopje schonk. 'Je moeder heeft toch helemaal geen tijd om zelf een man te zoeken. Maar in die advertentie kunnen we beter niets over jou zeggen. Kinderen hebben een afschrikkende werking op mannen.' Ze deed haar ogen dicht. 'Wees eens stil – wat dachten jullie van: wie troost mij in mijn eenzaamheid? Mooie jonge vrouw zoekt sterke armen om in weg te vluchten.'

'Melanie!' piepte Lisa verrukt. 'Te gek! Alsof je het al honderd keer gedaan hebt.'

'Misschien heeft ze dat ook wel,' zei Roos spottend.

Sprotje sloeg kreunend haar handen voor haar gezicht.

'Vinden jullie echt dat je "jong" kunt schrijven?' vroeg Kim. 'Sprotjes moeder is al negenendertig.'

'Weet je wat Sprotje zou schrijven?' Met verdraaide stem zei Roos: 'Dochter zoekt man voor op het moment helaas ontoerekeningsvatbare moeder met liefdesverdriet. Bezoektijden: één zondag per maand. Reacties richten aan de dochter. Alleen hondenbezitters, vegetariërs en niet-rokers, anderen komen niet in aanmerking.'

'Ja precies!' Melanie gleed van de bank van het lachen. 'Dat zou echt iets voor haar zijn!'

Lisa kreeg een hoestbui waaraan geen einde leek te komen.

'Hou alsjeblieft op met die onzin,' bromde Sprotje. 'We hebben morgenavond een gevaarlijke clubmissie en jullie denken alleen maar aan contactadvertenties.'

'Hoezo gevaarlijk?' vroeg Kim. Ze keek Sprotje bezorgd aan.

'Nou ja, mijn oma heeft op het moment twee krukken,' antwoordde Sprotje. 'Daarmee kan ze als een beest op kippendieven inhakken. Aan de andere kant...' ze keek Kim grijnzend aan, '...is ze nou niet bepaald snel ter been.'

Dat laatste leek Kim niet echt gerust te stellen.

'Ik heb er nog eens over nagedacht,' zei Roos. 'Kan het eigenlijk wel, dat we die kippen zomaar van haar jatten? Moeten we haar eigenlijk geen schadevergoeding betalen? Anoniem, bedoel ik, in een envelop of zo.'

'Vind ik ook.' Lisa knikte heftig. 'Dan kan ze ons ook niet laten arresteren als de kippen hier gevonden worden.'

'Arresteren, vanwege een paar ouwe kippen!' Sprotje haalde spottend haar neus op. 'Jullie kunnen natuurlijk ook ge-

woon vijftien diepvrieskippen voor mijn oma in het hok leggen, dan besparen jullie haar nog werk ook. En hebben jullie vijftien vreemde kippen op jullie geweten. Nee!' Ze schudde beslist haar hoofd. 'Robin Hood betaalde ook nooit schadevergoeding.'

'Robin Hood!' Melanie rolde met haar ogen. 'Doe even normaal zeg. We gaan een paar kippen redden.'

'Ja ja, ik weet het.' Sprotje stond op en liet zich op het grote matras vallen. 'We kunnen wel stemmen over die schadevergoeding.'

'Geheime stemming of open stemming?' vroeg Lisa. 'Jee, dat ik nou het notulenboek vergeten ben!'

'Stemmen!' kreunde Melanie. 'We zijn hier toch niet op school! Fred laat nooit stemmen.'

'Omdat hij een vuile dictator is,' zei Sprotje.

'Wie vóór schadevergoeding is steekt zijn hand op.' Roos had verse thee gezet en kwam met de pot naar de tafel.

'Kunnen we er niet een keer rum bij drinken of zo?' vroeg Melanie. 'De jongens hebben tenminste nog koffie!'

'Er is rum als we iets te vieren hebben,' zei Sprotje. 'De kippen zitten nog steeds in oma's kippenhok. Dus. Wie wil de kippenmoordenaar van zijn schamele zakgeld een schadevergoeding betalen?'

'Laat dat!' Roos stootte haar geïrriteerd aan. 'Dat is beïnvloeding.'

'Oké!' Sprotje zuchtte. 'Nog een keer: wie... wil... oma Bergman... schadevergoeding betalen voor de ontvreemde kippen?'

Roos en Kim staken hun hand op. Lisa aarzelde, toen ging

ook haar hand de lucht in. 'Dat is vast verstandiger,' mompelde ze met een verlegen blik op Sprotje.

'Nou, ik betaal niets!' zei Melanie. 'Geen cent. We hebben alleen maar last van die kippen. Ze kosten je een hoop werk en ze kakken overal. We jatten ze niet voor ons plezier, maar omdat zij ze dood wil maken, uit gierigheid. Daar geef ik geen cent voor. Bovendien heb ik mijn zakgeld zelf nodig. Het is toch al zo weinig.'

'Wij redden het ook wel met z'n drieën, toch?' Roos keek Kim en Lisa aan. Die keken niet echt blij, maar ze knikten toch.

'Mooi, dan is dat ook opgelost,' zei Sprotje. Ze kwam weer overeind. 'Nog iets? O ja, Mel is...' Sprotje keek haar even spottend aan, '...bang dat ze nieuwe pukkels krijgt als ze haar gezicht zwart maakt, dus verbergt ze haar perzikhuidje en engelenhaar morgenavond onder een zwarte sjaal. De jongens zorgen voor de dozen. Ik heb tegen Fred gezegd dat hij er luchtgaatjes in moet maken en er wat groenvoer in moet doen. Hopelijk vergeten ze dat niet. Hebben jullie thuis allemaal gezegd welke film we bij mij gaan kijken?'

Roos en Melanie knikten. '*Spiderman*, deel twee,' zei Lisa.

'O.' Kim sloeg geschrokken een hand voor haar mond. 'Deel vier, heb ik gezegd.'

'Die is er nog helemaal niet,' zuchtte Sprotje. 'Zet dat even recht, ja?'

Kim knikte verlegen.

'Ik moet morgenochtend mijn oma helpen,' ging Sprotje verder. 'Dan pak ik meteen voer en fruitboomnetten. Tenminste, dat probeer ik. En ik controleer ook of haar tv het doet. Je kunt nooit weten.'

De anderen knikten. Buiten was het inmiddels aardedonker. De Kippen keek elkaar aan. Opeens voelden ze zich toch een beetje bedrukt.

'Hopelijk herkent ze ons niet aan onze lengte,' mompelde Lisa.

'Ach, wat dan nog,' vond Sprotje. 'Hier vindt ze ons toch nooit.'

'Precies.' Roos trok de gordijnen dicht en sloot het duister buiten. De sterren op het plafond straalden in het licht van de kaarsen.

'Vanaf morgen zijn we echte dieven,' fluisterde Kim. Ze giechelde nerveus.

'Klets niet,' zei Melanie. 'Kippenbevrijders, dat zijn we.' Ze stak haar theekopje in de lucht. 'Op de verlossing van onze onschuldige en helaas al een beetje taaie zusters! Al is proosten met thee eigenlijk nogal achterlijk.'

Lachend tikten ze met hun theekopjes tegen elkaar, zo hard dat van Lisa's kopje het oortje afbrak.

'Geeft niet!' zei Roos, terwijl ze met Lisa's papieren zakdoekjes de gemorste thee opdepte. 'Scherven brengen geluk! Nu kan er morgenavond niets misgaan. Kom, we proosten nog een keer. Op Kim. Omdat ze voor zo'n geweldig clubhuis gezorgd heeft.' Weer rinkelden de kopjes. Deze keer bleven ze allemaal heel.

Kim bloosde van geluk, maar in het kaarslicht viel dat niemand op.

'O jee, ik moet opeens aan de jongens denken,' zei Melanie. 'Die zijn vast niet in feeststemming.'

De volgende dag was het zo mistig en schemerig dat het in Sprotjes kamer om negen uur nog niet licht was. Mist! dacht ze toen ze uit bed stapte. Dat kwam goed uit! Precies het goede weer voor een kipnapping. Aan de andere kant konden de Pygmeeën bij al te dikke mist wel eens verdwalen in oma Bergmans tuin... Wat een vreselijk idee.

Sprotje slofte door de donkere gang naar de keuken, deed het licht aan en maakte ontbijt. Waarschijnlijk ben ik toch niet zo'n goede Robin Hood, dacht ze terwijl ze het koffiezetapparaat aanzette. Als er een rijk iemand voorbijkwam, zou ik van de zenuwen vast dood uit de boom vallen. Ze bakte eieren met spek en probeerde intussen alleen maar te denken aan de kippen die binnenkort in hun nieuwe ren zouden rondscharrelen. Dat hielp een beetje tegen het zware gevoel in haar buik.

Toen Sprotje met een volgeladen dienblad de kamer in kwam, werd haar moeder net wakker.

'O,' zei ze. Ze loerde onder haar deken vandaan. 'Ontbijt. Ik dacht dat ík vandaag aan de beurt was.'

'Was je ook,' zei Sprotje. 'Schuif eens een beetje op.' Ze zette het blad op de buik van haar moeder en kroop bij haar onder de warme deken.

Sprotje wist zeker dat de zaterdag nergens ter wereld beter begon dan bij hen. Ze smulden eindeloos van geroosterd brood en spiegeleieren, slurpten sinaasappelsap en koffie, keken vanuit bed naar oude films op tv en deden net of de grijze lucht buiten er niet was.

Na een tijdje belde oma Bergman natuurlijk om te vragen waar Sprotje bleef.

'Ze komt er zo aan,' antwoordde Sprotjes moeder. Ze smeet de hoorn op haak – en ontdekte dat ze de tijd vergeten was.

'O nee!' riep ze. 'Over een halfuur moet ik aan het werk!' Als een kip zonder kop liep ze een kwartier lang naar haar autosleutel te zoeken, tot Sprotje hem in de wasmand in de zak van een oude broek vond. Als dank bracht haar moeder haar met de taxi naar O.B. Onderweg luisterde ze weliswaar naar Engelse bandjes, maar ze had die ochtend nog niet één keer 'Amerika' gezegd.

'Mam,' zei Sprotje voor ze het autoportier dichtgooide, 'vanavond komen alle Kippen bij ons. We gaan samen een film kijken. Je hebt toch nachtdienst, of niet?'

'Ja, helaas wel.' Haar moeder zuchtte. 'Maak er maar iets gezelligs van. Ik geloof dat er nog chocola is. Maar van mijn troostbonbons blijf je af, begrepen?'

Sprotje zwaaide haar moeder na tot ze om de hoek was verdwenen. Oma Bergman kwam net uit het kippenhok gehinkt. Blijkbaar had ze nu nog maar een kruk nodig. Maar dat gaf niet, want ze was nog steeds behoorlijk langzaam.

'Ik ben niet één keer in mijn leven later dan half zeven opgestaan,' zei ze toen Sprotje de tuin in kwam.

'Wat een stress,' mompelde Sprotje. Ze keek onopvallend naar het kippenhok. De snelste route van daar naar het tuinhek liep langs de regenton. Maar zo kwamen ze ook gevaarlijk dicht bij het woonkamerraam.

'Kom,' zei oma Bergman. Ze trok Sprotje mee. 'Je moet me helpen de vrieskist in de kelder schoon te maken. Ik zal het een en ander weg moeten gooien, anders passen al die kippen er niet in.'

Sprotje rukte zich verontwaardigd los. 'Daar help ik je niet mee. Dat doe je zelf maar.'

'Pardon?' Oma Bergman draaide zich om en staarde Sprotje aan. Ze kon net zo strak kijken als een kip.

Koppig keek Sprotje terug. 'Ik ga wel verder met de kruidentuin,' zei ze. 'Maar eerst ga ik de kippen gedag zeggen!' Met die woorden wurmde ze zich langs haar grootmoeder.

'Wat moet je met die rugzak?' riep O. B. haar na. Er ontging haar ook niets, helemaal niets. Maar Sprotje was op die vraag voorbereid. 'Ik doe er stro voor Lisa's cavia in!' antwoordde ze zonder zich om te draaien. 'Als je wilt betaal ik je terug. Tot op de laatste strohalm.'

'Niet zo brutaal jij!' riep oma Bergman, maar Sprotje was al in het hok verdwenen. Toen ze de deur achter zich dicht deed, klopte haar hart zo snel dat het zeer deed. Drie kippen staken verbouwereerd hun kopjes uit de nesten. Daphne stapte op Sprotje af, kakelde zachtjes en trok aan haar broek. Sprotje hurkte in het stro en krauwde in haar zachte borstveren. De kip pikte geïnteresseerd in haar vingers.

'Vanavond is het zover, Daphne,' fluisterde Sprotje. 'Zeg het tegen de anderen. En zeg dat ze vooral niet zoveel herrie moeten maken.'

Daphne liep beledigd kakelend weg, want ze had niets eetbaars tussen Sprotjes vingers gevonden. Sprotje kwam met een zucht overeind, tilde het deksel van de emmer met voer – wat de kippen natuurlijk weer hoogst interessant vonden – en vulde twee plastic tasjes met de grote korrels. Als ze er groenvoer en broodresten bij gaf was dat voor een week genoeg. Nu moest ze alleen nog de fruitboomnetten uit de schuur halen. Toen Sprotje haar hoofd uit het kippenhok stak om naar de schuur te sluipen, stopte er een pakketbusje van de post voor het tuinhek.

Oma Bergman vloog het huis uit als of ze erop had staan wachten. Haastig hinkte ze naar het hek. Zo te zien was ze reuze opgewonden. Sprotje onderdrukte een lach. Misschien kwam daar die rare catalogus waarin O.B. altijd uren zat te bladeren, die met die sokken die je kon verwarmen en zijden hoesjes voor de afstandsbediening van de tv. Of was het een van oma's roddelbladen? Maar sinds wanneer werden die met het pakketbusje gebracht?

Het pakje dat uit het busje kwam was niet al te groot. Met een verveeld gezicht hield de postbode Sprotjes oma over het tuinhek een formulier onder de neus. O.B. zette haar handtekening, griste de man het pakje uit handen en hinkte ermee naar binnen.

Eerst wilde Sprotje achter haar aan gaan, maar gelukkig dacht ze op tijd aan de fruitboomnetten. In de schuur vond ze twee grote. Ze stopte ze net met het voer in haar rugzak

toen haar grootmoeder haar riep. Van schrik had Sprotje bijna al het voer over de grond gekieperd. Ze maakte vlug de rugzak dicht, hing hem aan het tuinhek, zodat ze hem niet kon vergeten, en liep met de schoffel in haar hand het huis in.

'Je moet dit even voor me voorlezen,' zei oma Bergman, die haar een gebruiksaanwijzing met piepkleine lettertjes voorhield. 'Ik kan mijn bril niet vinden.' Dat was niets nieuws.

Sprotje nam de gebruiksaanwijzing aan – en liet hem van schrik bijna uit haar handen vallen.

Haar oma had het pakje dat net gekomen was uitgepakt: op de keukentafel lag, naast een kartonnen doosje, een pistool. Een echt pistool.

Oma Bergman bonsde ongeduldig met haar kruk op de houten vloer. 'Komt er nog wat van? Lees voor.'

'Kan... eh, kan ik niet,' stamelde Sprotje. Ze legde de gebruiksaanwijzing op tafel. 'Die lettertjes zijn veel te klein.'

Het pistool zag er heel echt uit. Levensecht.

'Te klein. Allemensen!' Oma Bergman pakte het pistool en bekeek het van alle kanten. 'Ik zal tegen je moeder zeggen dat ze met je naar de oogarts moet. Dertien jaar en nu al slechte ogen! Misschien gelooft ze dan eindelijk dat de televisie niet bij het bed hoort.'

'Waar... waar heb je dat vandaan?' stotterde Sprotje. 'Ik bedoel...'

'Besteld uit de catalogus,' antwoordde oma Bergman, die het pistool op de keukenklok richtte.

'Die dingen staan gewoon in de catalogus?' Sprotje slikte. 'Dat zou ik verbieden.'

'Hoezo?' Haar grootmoeder fronste haar voorhoofd. 'Wat moet je dan met al die inbrekers tegenwoordig? Hm? Nee, niemand zal meer iets van mij stelen.'

'Er heeft nog nooit iemand van je gestolen,' zei Sprotje zonder het pistool uit het oog te verliezen. 'Nog nooit. Niet eens een spruitje of zo. Bovendien kun je mensen toch niet meteen doodschieten.'

'Welke mensen?' vroeg oma Bergman. Ze richtte het pistool op de achterdeur. Met die kruk onder haar arm zag ze eruit als een ouwe piraat.

'Nou, die dieven natuurlijk,' zei Sprotje. Voor ze zekerheid ging ze uit de vuurlinie. 'Je kunt mensen toch niet doodschieten alleen omdat ze iets van je stelen. Moord en diefstal, dat... Dat maakt toch een heel groot verschil!'

'Vind je?' Haar oma liet het wapen zakken en stopte het weer in de doos.

'Ja, dat vind ik,' mompelde Sprotje. Ze dacht koortsachtig na. Moest ze de anderen over het pistool vertellen? Maar dan zouden ze haar misschien niet willen helpen. In haar eentje kon ze de kippen onmogelijk allemaal vervoeren. En als ze haar moeder eens om hulp vroeg? Nee. Die had wel de hele tijd ruzie met oma Bergman, maar verder... Ze was niet eens zo dol op kippen. Ik pik gewoon de kogels, dacht Sprotje. Ja, dat doe ik. Opgelucht haalde ze adem.

Maar er lag op tafel niets wat op kogels leek.

'Oma...' Sprotje deed haar best om heel onschuldig te klinken. 'Waar zijn de kogels? Mag ik die eens zien?'

'Dat zou je wel willen,' antwoordde oma Bergman. 'Nee nee. Die heb ik al veilig opgeborgen. Dit is geen kinderspeel-

goed. En nu aan het werk, anders is het alweer donker voor je begonnen bent. Nu moet ik eerst eens op zoek naar mijn bril.'

De bril.

Sprotje wist waar de bril was. Hij lag op het kleine telefoontafeltje. Sprotje slenterde onopvallend naar de telefoon. Zonder bril kon O.B. de gebruiksaanwijzing niet lezen.

'Nou, succes met zoeken,' zei ze, terwijl ze tegen het tafeltje leunde en met haar vingers naar de bril tastte.

'Ja ja!' Oma Bergman stond met toegeknepen ogen in de keuken om zich heen te kijken.

Sprotje liet de bril vlug in haar jaszak glijden, pakte de schoffel en liep naar buiten. Die vind je vandaag niet meer terug, dacht ze. Ze verstopte de bril achter de regenton onder een omgekeerde bloempot. Gerustgesteld ging ze weer aan het werk. Ze schoffelde de kruidentuin, controleerde of de ingezaaide bedden nog vochtig genoeg waren, vulde de grote gieter met regenwater en zag hoe een muis steels een paar korrels kippenvoer naar zijn hol sleepte. Vlak voor het donker werd bracht Sprotje het tuingereedschap naar de schuur, waste haar handen in de regenton en ging naar binnen om gedag te zeggen. De mist was dichter geworden. Wit als de rook uit een schoorsteen hing hij in de koude lucht. Sprotje wist nog steeds niet of dat voor haar plan nu goed of juist slecht uitkwam.

'Ik moet weg!' riep ze bij de keukendeur.

Oma Bergman zat aan tafel met een grote loep de gebruiksaanwijzing van het pistool te lezen. Sprotjes hart stond bijna stil.

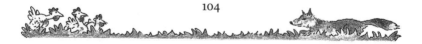

'Die bril is niet te vinden,' mompelde O.B. zonder op te kijken. 'Maar zo gaat het ook. Dat ding is trouwens reuze makkelijk te bedienen.'

'O ja?' prevelde Sprotje.

'Een kind kan de was doen.' Oma Bergman tilde haar hoofd op en keek haar aan. 'Mijn hemel. Wat zie jij er belabberd uit. Je moet vanavond maar met de kippen op stok. Je wordt ziek. Wil je nog een beker melk met honing?'

Sprotje schudde haar hoofd.

'Dan niet.' Haar oma concentreerde zich weer op de gebruiksaanwijzing. 'Maar dat ik vanavond geen tv kan kijken,' mompelde ze, 'dat vind ik echt vervelend.'

'Geen tv kijken?' vroeg Sprotje met zwakke stem. Ook dat nog.

'Nee, natuurlijk niet,' antwoordde oma Bergman nors. 'Zonder bril kan ik net zo goed naar een hoorspel luisteren.'

'Ik... ik geloof dat ik buiten iets heb zien liggen!' stootte Sprotje uit. Ze rende naar buiten, naar de regenton. Vlug tilde ze de bloempot op, en met de bril in haar hand ging ze weer naar binnen. 'Hier.' Ze legde de bril op de keukentafel. 'Hij lag bij de regenton. Is zeker uit de zak van je schort gevallen.'

Haar oma staarde haar met haar starre kippenblik aan. 'Uit mijn zak gevallen. Zo zo. Jij doet vandaag wel heel vreemd.' Hoofdschuddend zette ze haar bril op. 'Nog vreemder dan anders, en dat wil wel wat zeggen. Maar ik zei het al, je wordt ziek. Maakt dat je in je bed komt. Ik zal je moeder even bellen. Ze moet vandaag maar niet te lang werken en af en toe even bij je gaan kijken.'

'Wat? Nee nee!' riep Sprotje. 'Het gaat prima met me. Echt. Nu moet ik weg.'

Ze rende hals over kop het huis uit, greep de volle rugzak en sprong op haar fiets. Ze moest verschrikkelijk opschieten als ze het kippenvoer en de netten nog voor het donker bij de caravan wilde krijgen. Ik kan het niet tegen de anderen zeggen, dacht ze onderweg, terwijl de mist om haar heen wervelde en de lucht steeds donkerder werd. Het kan gewoon niet. De kippen gaan dood als de anderen me niet helpen.

Maar ze voelde zich een laffe verraadster.

Zaterdagavond om kwart over acht begon een van oma Bergmans lievelingsprogramma's. Daarvoor keek ze naar het jour-
naal, want dan kon ze lekker op alles en iedereen schelden en
roepen dat vroeger alles beter was. 'Het is nog nooit beter geweest op de wereld,' zei Sprotjes moeder altijd als oma Bergman weer eens over de goede oude tijd begon. Urenlang konden ze over dat onderwerp ruziën. Ach ja.

Melanie en Lisa stonden al te wachten toen Sprotje aan
kwam racen. Ze was helemaal buiten adem, want ze was thuis
voor de tv in slaap gevallen, maar dat vertelde ze er natuurlijk
niet bij. Ze zei ook geen woord over het pakje van oma Bergman.

'Alles in orde?' vroeg Melanie. 'Of is de televisie van je oma
net vandaag kapot gegaan?' Ze spuugde haar kauwgom uit en
stopte meteen een nieuw stukje in haar mond. Melanie moest
altijd kauwgum kauwen als ze zenuwachtig was; bij proefwer-
ken maakte ze soms wel twee pakjes op.

'Nee, alles gaat goed,' antwoordde Sprotje zonder haar aan
te kijken. Ze was niet goed in liegen, zeker niet recht in iemands
gezicht.

'Ik vind het zo spannend!' kreunde Lisa. 'Ik ben er kotsmisselijk van. Toen we langs een politieauto kwamen, ben ik er van schrik bijna bovenop geknald.'

'Ja, echt!' Melanie lachte. 'Lisa ziet zichzelf al in het tuchthuis zitten. Levenslang, wegens achterbakse kipnapping.'

'Lach niet zo dom,' snotterde Lisa. 'Als mijn moeder wist wat ik hier uitvoer, kreeg ik levenslang huisarrest en televisieverbod.' Beledigd nieste ze in haar zakdoek.

Even later fietste Kim de straat in. Ze duwde haar fiets de stoep op en keek zenuwachtig om zich heen. 'Hallo,' fluisterde ze. 'Jullie vallen helemaal niet op, met die dennenbomen op de achtergrond.'

De mist was een beetje opgetrokken, maar in de Veldkersstraat stonden gelukkig maar een paar lantaarnpalen en omdat de Kippen zoals afgesproken donkere kleren droegen, waren alleen de achterlichtjes van hun fietsen duidelijk te zien.

'Kunnen we zaklampen gebruiken?' vroeg Kim. Ze knipte de hare al aan.

'Beter van niet,' fluisterde Sprotje. 'Zaklantaarns in het donker zien er best verdacht uit.'

Kim knipte haar zaklamp vlug weer uit.

'Hé Kim.' Lisa boog zich naar voren en keek bezorgd naar haar gezicht. 'Wat is er met jou aan de hand? Je ogen zijn helemaal betraand.'

'Ach.' Kim schudde haar hoofd en haalde een hand door haar korte haar. 'Ik was vandaag bij mijn vader. Je wilt niet weten wat ik allemaal naar mijn hoofd heb gekregen over mijn haar.'

Op dat moment kwamen er vier fietsers de smalle straat in.

'Hé, daar staan ze!' riep Steve, die bijna tegen Melanies achterwiel op botste.

'Als een stelletje samenzweerders!' spotte Mat. 'Alsof jullie bommen gaan leggen of zo.'

'Kunnen jullie misschien nog wat harder schreeuwen?' viel Sprotje uit, terwijl Fred met zijn fiets naast haar kwam staan.

'Ach joh.' Willem ging naast Melanie staan. 'Volgens mij is je oma al schijndood. Ze moet wel oren hebben als een vleermuis om ons hier helemaal te horen.'

'Mijn oma is alles behalve schijndood!' siste Sprotje. 'Ze loopt nu even op krukken, maar daarmee is ze waarschijnlijk nog steeds sneller dan Steve met zijn hangbuik.'

'Hé, laat mijn buik erbuiten, ja?' zei Steve beledigd.

Sprotje lette niet op hem. 'Dat zijn niet bepaald grote dozen,' stelde ze met een blik op Freds bagagedrager vast. 'Hebben jullie wel aan groenvoer gedacht?'

'Tuurlijk,' bromde Fred geprikkeld.

Mat keek zoekend om zich heen. 'Waar is Roos? Weer bij die heilige boontjes van haar?'

'Ze heeft een afspraakje met een andere jongen!' fluisterde Melanie in zijn oor. Mat keek haar kwaad aan.

'Echt waar!' Lisa lachte. 'Ze is met haar broertje naar de lampionoptocht.'

'Ze komt heus nog wel,' fluisterde Sprotje. 'Kim, doe je zaklamp nog eens aan. Horloges gelijkzetten.'

'Zes minuten over acht,' zei Willem. 'Die van mij loopt altijd precies gelijk.'

'Om klokslag kwart over acht,' fluisterde Sprotje, terwijl Melanie en Steve hun horloges gelijkzetten, 'sluipen we de

tuin in. Maar eerst moet ik het hek nog even smeren, want mijn oma laat het expres piepen. Daar had ik vanmiddag geen tijd meer voor.'

'Kwart over acht!' kreunde Mat. 'Voor die tijd hebben we allang wortel geschoten. En dat met die kou.'

'Nou, ik sta anders echt niet te springen om bij O.B. rond te gaan sluipen,' zei Melanie. Ze begon haar zwarte sjaal om haar hoofd te wikkelen.

'Wacht, ik help je,' mompelde Willem en stopte een paar plukjes haar onder haar sjaal.

Bij het licht van Kims zaklamp maakten Sprotje en Lisa elkaars gezicht zwart. Nadat ze even aan de zwarte schoensmeer geroken had, was Lisa toch maar schmink gaan kopen.

De Pygmeeën trokken zwarte kousen met gaten erin over hun hoofd. 'En, hoe zien we eruit?' vroeg Fred.

'Zijn jullie gek geworden?' Sprotje keek het viertal ongelovig aan. 'Moet mijn oma soms van schrik een hartaanval krijgen?'

'Hallo, zien jullie er soms normaler uit?' antwoordde Fred geïrriteerd.

'Hij heeft gelijk, Sprotje.' Melanie zette lachend Kims bril af en begon haar gezicht zwart te maken. 'Jullie zien er echt niet normaler uit.'

'Pas op!' Lisa trok Melanie en Kim een beetje verder onder de bomen. 'Hondenbezitter in aantocht.'

Een dikke man kwam met zijn herdershond de straat in. Hij liep over de stoep aan de andere kant, maar keek de hele tijd wantrouwig hun kant op.

'Getver, dat is Bolhuis, de buurman van mijn oma,' fluister-

de Sprotje geschrokken. 'Als die onze zwarte gezichten ziet...'

'Maskers af!' siste Fred. De Pygmeeën trokken haastig de kousen van hun hoofd. 'En nu voor de zwarthuiden: dekmantel "Zoenen". Vlug.' Fred sloeg een arm om Sprotjes schouders, trok haar heel dicht tegen zich aan en keek haar grijnzend in het geschminkte gezicht. 'Wat ben je mooi vanavond,' zwijmelde hij. 'Echt adembenemend mooi!'

'Hou je kop!' Sprotje loerde over zijn schouder. Oma's buurman was nu bijna ter hoogte van het dennenbosje. Hij keek nieuwsgierig hun kant op. Melanie verborg haar gezicht tegen Willems schouder, Kim stak haar hoofd giechelend onder Steve's kin en Lisa drukte zich tegen Mat aan.

'Als die vent me herkent,' fluisterde Sprotje in Freds oor, 'dan is alles voorbij.'

'Hoe zou hij je moeten herkennen, met een kilo schmink op je gezicht?' fluisterde Fred terug.

Bolhuis stond aan de overkant van de straat, met zijn hond heel kort aan de lijn. 'Wonen jullie hier?' riep hij hun toe. 'Hé, jullie daar!'

'Shit,' mompelde Willem. 'In de film werkt dat zoenen wel altijd.'

Op dat moment draaide Mat zich om 'Kijk nou eens! Wat een geluk!' riep hij met schelle stem. 'Een inboorling. Kunt u ons misschien zeggen waar het dorpsfeest is? Onze dames zijn al half bevroren. We dwalen al een eeuwigheid door deze woestenij en onze chauffeur hebben we helaas naar huis gestuurd!'

Sprotje kreunde zachtjes.

Bolhuis trok een gezicht als een valse buldog. 'Maak dat

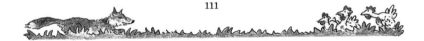

jullie wegkomen!' schreeuwde hij. Hij gaf een ruk aan de hondenriem. 'Anders zullen we eens zien of jullie de politie ook zo in de maling durven nemen.'

De herdershond begon te blaffen. Bolhuis trok hem achter zich aan, maar het beest bleef achteromkijken.

'Kom op!' fluisterde Sprotje. Ze duwde Fred weg. 'We moeten doen alsof we ervandoor gaan. Anders gaat hij nooit naar binnen.'

Ze fietsten de straat weer uit. Toen ze de hoek om waren, sloop Lisa dicht tegen een heg gedrukt terug. Bolhuis stond nog steeds in de donkere straat, alsof hij zichzelf en zijn onwetende buren tegen een bende volwassen straatrovers moest beschermen. Eindelijk, toen de Kippen het meer dan zat waren om hun zwarte gezichten tegen de schouders van de Pygmeeën te verbergen en het grootste deel van de schmink al aan hun kleren zat – toen floot Lisa drie keer kort.

'Wat was dat?' vroeg Fred. 'Het klonk als een kapotte koekkoeksklok.'

'Kust veilig,' zei Sprotje. 'Hoe laat is het?'

'Tien voor half negen al,' fluisterde Steve.

Sprotje keek bezorgd om zich heen. 'Verdorie, waar blijft Roos nou?'

'Daar kunnen we niet meer op wachten,' siste Fred. 'Kom op, laten we het nou maar doen. Die dikzak heeft me zenuwachtig gemaakt.'

Vlug liepen ze met de fiets aan de hand de smalle straat weer in. Lisa wenkte hen al. Bolhuis was nergens meer te bekennen, maar toch slopen ze extra voorzichtig langs zijn huis.

De straat was nat van de regen. Het miezerde nu al uren.

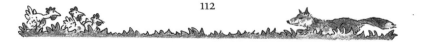

'Shit, het wordt glad!' fluisterde Melanie toen ze hun fietsen in het dichte struikgewas tegenover oma Bergmans huis verstopten. Fred, Mat, Sprotje en Melanie namen de kartonnen dozen onder hun armen. Ze keken naar rechts, ze keken naar links, renden gebukt op oma Bergmans tuinhek af en gingen op hun hurken achter de heg zitten.

'O jee, ik pis straks nog in mijn broek van de zenuwen!' kreunde Steve.

Lisa kneep haar neus dicht om niet te niezen.

'Schiet op, Sprotje, het hek!' siste Fred.

Sprotje haalde een klein oliekannetje uit haar zak.

Op dat moment slaakte Kim een hoog kreetje. Tegelijk kwam ze overeind. De anderen sprongen ook op. Er kwam een fiets de straat in geracet.

'Wie is dat?' piepte Lisa.

Melanie legde een hand op haar mond. 'Stil nou! Dat is Roos, meesterspion die je bent!'

Het was inderdaad Roos en ze was helemaal buiten adem. Ze schoot gebukt de straat over en hurkte tussen Sprotje en Melanie achter de heg.

'Die lampionoptocht...' hijgde ze, '...er kwam geen eind aan. En toen deed Luca het ook nog in zijn broek. Ik...'

'Pssst!' Sprotje hield een vinger voor haar mond. 'We zijn al laat, veel te laat. Het is bijna half negen.'

'Zo laat al. Shit!' Melanie smeerde nog snel wat zwarte schmink op de wangen van Roos.

Voorzichtig, heel voorzichtig maakte Sprotje het hek open. Ze bewoog het een paar keer heen en weer. Het gaf geen geluid.

'Waarom laat je oma het hek piepen?' fluisterde Steve. 'Vindt ze dat een fijn gehoor of zo?'

'Ze is bang voor inbrekers,' fluisterde Roos.

'Des te beter,' bromde Willem. 'Dan steekt ze in elk geval niet haar neus naar buiten als ze ons hoort.'

Voor de tweede keer trokken de Pygmeeën hun kousen over hun hoofd.

'Wacht.' Sprotje haalde diep adem en keek de anderen aan. Ze moest het zeggen.

'Dat vergat ik bijna nog te vertellen. Mijn oma...' Ze wierp een blik op het huis. Alleen achter het woonkamerraam brandde licht. Haar oma verspilde geen energie.

'Nou, zeg dan...' fluisterde Fred ongeduldig.

'Mijn oma heeft een pistool gekocht,' zei Sprotje binnensmonds.

Steve rukte zijn masker af. 'Wat?'

'Een pistool?' fluisterde Lisa ongelovig.

Alleen Willem lachte zacht. 'Tjongejonge, een oma met een pistool! Niet panikeren jongens. Dat gebruikt ze toch niet.'

'O nee?' fluisterde Melanie, die heel dicht bij hem kwam staan. 'Je kunt wel merken dat jij Sprotjes oma niet kent.'

Nu zwegen ze allemaal ontdaan. Ze zaten achter de heg van oma Bergman en zwegen.

Na een tijdje zei Steve heel zacht: 'Een pistool! Nee, als die doorgedraaide oma een pistool heeft, ga ik die tuin niet in.'

'Maar dan maakt ze de kippen dood!' Kim vergat van opwinding te fluisteren. 'We zijn toch hier om ze te redden? Dat...'

'Nou, als de keus is: kippen geslacht of ik doodgeschoten,' viel Mat haar in de rede, 'dan stem ik voor slachten. Dat is niet zo moeilijk.'

'Best hoor!' Sprotjes stem trilde, al wist ze zelf niet of het van boosheid of van angst was. 'Dan doe ik het wel alleen. Kan mij het schelen. Kan één van jullie helden misschien wel even de wacht houden, voor het geval die Bolhuis weer tevoorschijn komt?'

'Je hoeft niet zo kwaad te worden!' bromde Fred. Als een dief in de nacht sloop hij oma Bergmans tuin in. Sprotje ging achter hem aan.

'Ik ga voor,' fluisterde ze terwijl ze langs hem glipte. Gebukt liepen ze naar het kippenhok. Toen Sprotje bij de deur nog een keer omkeek, slopen er net vier Kippen en drie Pygmeeën langs oma Bergmans groentetuin. Er ontbrak er niet een. Sprotje glimlachte, ze kon niet anders. Fred grijnsde spottend terug.

'Schiet op, maak open,' fluisterde hij haar toe.

De kippen knipperden verward met hun oogjes toen Sprotje het licht aandeed. Ze zaten in drie rijen op stok, dicht tegen elkaar aan en met hun veren opgezet.

'Vlug,' fluisterde Sprotje, 'grijp ze, voor ze aan het licht gewend zijn. En als het niet lukt, hou je de worst voor hun snavel!'

Een paar kippen trokken alleen geschrokken hun kop in, klokten gelaten en sloten hun ogen toen zestien koude mensenhanden naar hen begonnen te graaien. Maar de meeste begonnen oorverdovend te schetteren, sloegen wild met hun vleugels, sperden hun snavel open en trippelden met hun

115

scherpe klauwen opgewonden over hun stok heen en weer. De plakjes worst kalmeerden hen weliswaar een beetje, maar die waren al gauw verorberd. De kippenredders wisten zes kippen van de stokken te halen, maar de rest vluchtte fladderend weg, en daarmee begon de jacht pas echt.

De kippen konden niet ontsnappen. Het gat waardoor ze overdag in en uit liepen had Sprotjes oma zoals elke avond dichtgemaakt, maar zelfs in het kleine kippenhok was het lastig om de opgewonden heen en weer rennende beesten te pakken te krijgen. Veren vlogen door de lucht. Kippen en Pygmeeën botsten tegen elkaar op, lieten zich in het stro vallen en dreunden tegen de houten wanden. Maar op een gegeven moment was het dan toch gelukt. De kippen zaten in de dozen, klokten beledigd voor zich uit en pikten met hun snavel gaatjes in het karton.

Doodop, met hun haren en kleren vol stro, hun handen opengehaald aan de kippenklauwen, wankelden de acht redders met de volle dozen naar de deur van het kippenhok.

Fred spuugde een kippenveertje uit. 'Man, ik heb het gevoel dat ik op leeuwenjacht ben geweest,' klaagde hij.

'Ssst!' Sprotje luisterde aan de deur en klopte twee keer. Lisa, die buiten de wacht hield, klopte ook twee keer. Dat betekende dat de kust veilig was.

Sprotje deed voorzichtig de deur open.

'Hebben jullie ze?' fluisterde Lisa. Ze hield nog net op tijd haar neus dicht voor ze moest niezen.

Sprotje knikte en keek om zich heen. De tuin lag donker en stil voor hen. Achter het woonkamerraam van oma Berg-

man flikkerde de televisie. Bij buurman Bolhuis verroerde zich niets. Gerustgesteld wenkte Sprotje de anderen. Met kloppend hart sloop ze tussen de spruitjes en de kruiden door naar het tuinhek. In de doos onder haar arm schoven de kippen van links naar rechts, krabbelend met hun pootjes en pikkend met hun snavel.

Sprotje was halverwege toen in de woonkamer van oma Bergman de televisie uitging. De kippenredders bleven stokstijf staan, alsof ze in tuinkabouters waren veranderd. Behalve het krabbelen en pikken van de kippen was er niets te horen. Sprotje hapte naar lucht, maar daar kreeg ze haar bonkende hart niet rustig mee. Zonder haar ogen van het donkere woonkamerraam af te wenden deed Sprotje muisstil een stap naar voren, en toen nog een en nog een. De anderen volgden haar geruisloos als geesten. Alleen oma Bergmans keurig geharkte tuinpad knarste onder hun voeten.

Toen ging het licht in de keuken aan.

Steve botste van schrik tegen Mat op, Mat liet zijn doos uit zijn handen vallen, de doos viel op de grond, klapte open – en een verontwaardigd kakelende kip stak haar kopje naar buiten.

Dat was dat.

Sprotje zag haar oma haastig langs het keukenraam hinken. Richting achterdeur.

'Snel!' schreeuwde Fred, die Sprotje met zijn doos in haar rug porde. Sprotje rende half struikelend naar het tuinhek. Het was nog maar een paar zielige metertjes. Op dat moment vloog de achterdeur open en in de deuropening stond haar oma, met de kruk onder haar arm en het pistool in de

hand, alsof ze Long John Silver was.

'Ho!' gilde ze, zo hard dat Bolhuis vast en zeker uit zijn stoel tuimelde. 'Staan blijven!'

Steve gehoorzaamde onmiddellijk en stak zijn armen in de lucht, terwijl Mat nog met open mond naast zijn gevallen doos stond. Lisa stak ook haar handen op, en daarna Kim. Toen Willem. Blijkbaar was hij er niet meer zo zeker van dat oma Bergman niet zou schieten.

Sprotje stond al bij het hek. Wat moest ze doen? Ze schoof haar doos de stoep op, Fred gaf haar die van hem – en bleef toen net zo besluiteloos staan als zij.

'Mooi zo!' riep oma Bergman. 'En nu die maskers af.'

Met een tevreden gezicht liet ze het pistool zakken. Op dat moment viel er een schot.

'Losse flodders!' schreeuwde Willem. 'Het zijn maar losse flodders jongens!' In één beweging greep hij Mats doos, waaruit nog steeds een luid kakelende kip stak, en rende ermee naar het tuinhek. Buiten zichzelf van woede begon oma Bergman te schieten, maar daar schrok nu niemand meer van. Alleen Mat stond daar nog als door de bliksem getroffen, maar Roos en Steve trokken hem mee. Als laatste sprintte Roos de tuin uit, terwijl Sprotjes oma woedend met haar kruk zwaaide en met schelle stem om Bolhuis riep.

Maar de dikke Bolhuis was kennelijk zo van haar schot geschrokken dat hij niet eens de telefoon durfde te pakken om de politie te bellen. Anders deed hij dat altijd al als iemand de radio te hard had aanstaan.

Zij aan zij vlogen de Wilde Kippen en de Pygmeeën de straat over. Zoals Melanie al gevreesd had, was het spiegel-

glad geworden. Ze glibberden met de dozen vol fladderende, kakelende kippen over het asfalt alsof ze groene zeep aan hun schoenen hadden. Achter hen smeet oma Bergman het pistool tussen de boerenkool en hinkte luid scheldend naar het hek.

Met trillende vingers trokken de kippenredders hun fietsen tussen de met ijzel bedekte takken vandaan, bonden de dozen onder de snelbinders van de meiden en sprongen op hun zadels.

'Vuile dieven, stelletje ratten!' schreeuwde oma Bergman, rammelend aan haar tuinhek. Maar Lisa was zo slim geweest om het hek met een fietsslot dicht te maken.

'Inbrekersbende, ellendige kippendieven!' tierde oma Bergman terwijl de Kippen en Pygmeeën zij aan zij slingerend de straat uit fietsten. Toen bleef het even stil, misschien omdat zelfs Sprotjes woeste oma een keertje adem moest halen. Maar toen de kinderen bijna aan het eind van de straat waren, hoorde Sprotje haar alweer schreeuwen.

'Sprotje!' galmde het in de stille straat. 'Sprotje, ik weet dat jij daarachter zit! Kom onmiddellijk terug!'

Van schrik schoten Sprotjes voeten bijna van de pedalen. Ze keek ontdaan om, maar in het donker kon ze haar oma natuurlijk niet zien.

'Doorfietsen!' riep Fred. 'Kom op, rijden nou!'

'Je oma is niet dom hè?' hoestte hij toen ze op de hoek van de straat hijgend bleven staan. 'Maar die kippen hebben we toch maar mooi voor de hakbijl weggegrist!'

'Ja!' zei Sprotje, leunend op haar stuur. 'Ja, dat hebben we zeker!'

'Breng ze dan nu maar naar hun nest!' zei Fred. 'Waar dat ook is.' Hij keerde zijn fiets en gaf de andere Pygmeeën een teken.

'Laat je niet door de vos te grazen nemen!' riep Steve boven het lawaai van de auto's uit. Van oma Bergmans getier was niets meer te horen. Fred zwaaide en de jongens reden weg. Zonder nog een keer om te kijken.

'Het lijkt erop dat ze zich aan hun woord houden,' zei Lisa terwijl ze de Pygmeeën met toegeknepen ogen nakeek. 'Niet te geloven.'

'Kom!' riep Roos. 'Of willen jullie hier vastvriezen?'

Sprotje keek nog een laatste keer om.

Toen ging ze op de pedalen staan, en de vijf Wilde Kippen gingen er met hun gevederde zusters vandoor alsof oma Bergman hen met een echt pistool op de hielen zat.

De volgende ochtend belde oma Bergman om zes uur voor
het eerst. Het antwoordapparaat stond aan, zoals altijd als
Sprotjes moeder tot laat in de nacht gewerkt had. Sprotje was
meteen bij de eerste keer overgaan klaarwakker, en ze wist
ook wie er belde. Oma Bergman sprak niet graag iets in op de
'afwimpelmachine', zoals ze het antwoordapparaat noemde.
Ook deze keer stond er alleen maar een klik op de band toen
Sprotje naar de gang sloop om te luisteren. Maar het moest
O.B. geweest zijn. Wie belde er anders op zondagochtend om
zes uur?

Had ze ons nou maar niet gezien, dacht Sprotje toen ze
weer in haar warme bed kroop. Als ze ons niet gezien had,
dacht ze vast dat het een doodgewone inbraak was. Hoewel inbrekers eigenlijk nooit kippen komen stelen. Maar nu!
Haar grootmoeder was er weliswaar van overtuigd dat het op
de wereld wemelde van de inbrekers, maar ze was niet zo gek
dat ze in bendes mini-inbrekers geloofde. Nee, zodra ze uit
het keukenraam keek, had ze geweten hoe de vork in de steel
zat.

Was die Bolhuis er nou maar niet geweest, dacht Sprotje terwijl ze heel diep onder de dekens kroop. Dan waren we niet zo laat gekomen, oma had voor de televisie gezeten en we hadden op ons gemak de tuin uit kunnen sluipen. Zou ze naar de politie gaan? *Hoort u eens, mijn kleindochter heeft me bestolen, samen met haar vrienden. Zoek uit wie er allemaal bij waren en arresteer de kleine ratten. Ik wil mijn kippen terug.* Sprotje beet zo driftig op haar duimnagel dat het pijn deed. Misschien had Lisa gelijk en stopten ze kinderen echt in de gevangenis? Ook al hadden ze maar een paar arme, taaie kippen gestolen...

Gisteravond hadden ze daar verder niet over nagedacht. Ze hadden de kippen naar hun nieuwe kippenhok gebracht en waren daarna in de caravan gaan zitten. Het was zo gezellig geweest! Oma Bergmans kippen hadden weliswaar heel verbaasd gekeken toen ze in het schuurtje gestopt werden, maar ze waren tenminste in veiligheid en de Wilde Kippen hadden hun heldhaftige bevrijdingsactie gevierd met een doos kersenbonbons. Die had Kim van haar neef cadeau gekregen.

Wat zal mam zeggen? dacht Sprotje onder haar dekbed. Betaalt ze de borgsom, als ze me opsluiten? In de film betalen ze altijd een borgsom, zodat de verdachte niet in de gevangenis hoeft te verkommeren. Ik verklap nooit waar de kippen zijn, dacht Sprotje. Anders is alles voor niets geweest. Ik zal zwijgen als het graf, al verhoren ze me de hele nacht. Maar wie moet de kippen voeren als hun redders in de gevangenis zitten? De Pygmeeën werden natuurlijk ook gearresteerd, haar oma kon namelijk best tot negen tellen. Zou haar moeder de kippen voeren? Of zou ze de dieren meteen naar O.B.

terugbrengen als Sprotje zei waar ze waren?

Om half zeven ging de telefoon voor de tweede keer, toen weer om zeven uur en nog een keer om kwart over zeven. Sprotje lag als een hoopje ellende onder haar dekbed. Om half acht had oma Bergman het voor elkaar. Sprotjes moeder kwam vloekend uit haar kamer gestrompeld en nam de telefoon van de haak. Sprotje wist waarom ze opnam. Ze hoopte dat het die rotvent was. Sinds die keer dat ze het servies kapot gesmeten had, was ze steeds verdacht snel bij de telefoon.

'Ja hallo!' hoorde Sprotje haar mompelen. 'Moeder? Dat meen je niet! Weet je wel hoe laat het is? Ik heb de hele nacht gewerkt!' Toen bleef het een tijdje stil. Sprotje stak haar hoofd een klein stukje onder het dekbed vandaan om het beter te kunnen horen.

'Klets!' zei haar moeder bozig. 'Ja, dat is klets. Nee, ik weet niet wie het anders gedaan kan hebben, maar Sprotje was hier. Ja. Met haar vriendinnen. Ze hebben met z'n allen een film zitten kijken... Ja, dat weet ik zeker... Weet ik veel, misschien is er een bende lilliputters actief! Pardon?' De stem van haar moeder sloeg bijna over. 'Als je naar de politie gaat wissel ik nooit meer een woord met je... Mij een zorg aan wie jij je huis nalaat. Wat mij betreft geef je het aan het Leger des Heils... Goed, wat jij wilt, dan geef ik jou aan wegens je illegaal gebouwde schuurtje... O jawel hoor, dat doe ik wel. Daar kun je vergif op innemen... Nee, ik roep haar niet. Ze slaapt nog. En ik ga nu ook weer naar bed. Welterusten!'

Even later stak haar moeder haar hoofd om Sprotjes deur. 'Hé, ik dacht al dat je wakker was. Is je grootmoeder al zo ver-

geetachtig dat ze niet meer weet waar ze haar kippen heeft gelaten, of hebben jullie ze echt gestolen? Als clubmascotte misschien?'

'Ze wilde ze slachten!' riep Sprotje terwijl ze rechtop in bed ging zitten. 'Alle vijftien! Wat had ik dan moeten doen?'

Haar moeder glimlachte. Haar hele slaperige gezicht glimlachte. Toen sprong ze bij Sprotje in bed en drukte haar zo stevig tegen zich aan dat Sprotje begon te giechelen.

'Kom hier!' riep ze. 'Wat een heldhaftige dochter heb ik! Hoe kom ik daaraan? Zoiets had ik nooit gedurfd. In geen duizend jaar!' Ze gaf Sprotje een dikke zoen en meteen daarna nog een en nog een. 'Heb ik je wel eens verteld dat oma altijd mijn konijntjes slachtte? Ik kon me de ogen uit mijn kop huilen, ze deed het gewoon toch. Zeg maar niet waar jullie de kippen heen gebracht hebben. Je weet dat ik niet kan liegen als ze me streng aankijkt.'

'Weet ik.' Sprotje grijnsde. 'Mam...?'

'Ja?'

'Denk je dat oma naar de politie gaat? Moet ik de anderen waarschuwen?'

'Nee, maak je geen zorgen,' antwoordde haar moeder. 'Die gaat niet naar de politie. Weet je, dat zegt ze wel in haar woede, maar ze zou het nooit echt doen. Bovendien sluit de politie heus geen kinderen op omdat ze een paar kippen wilden redden.'

'Dat met dat schuurtje was een goeie,' zei Sprotje. 'Ze is doodsbang dat er op een dag een inspecteur bij haar op de stoep staat.'

Haar moeder lachte. 'Weet ik.'

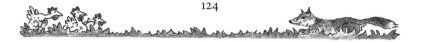

Ze kroop geeuwend weer uit Sprotjes bed en liep naar de deur. 'Nou dag, lieverd,' zei ze. 'Ik moet nog even slapen hoor. Maar zullen we afspreken dat we in mijn bed ontbijten? Over een uur ongeveer. Of nee, liever over twee uur... wat vind je daarvan?'

'Dat gaat jammer genoeg niet, mam,' antwoordde Sprotje. 'Ik heb met de anderen afgesproken, voor het buurtfeest.'

'Met de kippenredders? Doe ze de groeten van me.' Haar moeder glimlachte nog een keer slaperig naar haar en verdween toen weer in haar kamer.

Sprotje trok met een blij gevoel het dekbed over haar neus en viel weer in slaap. De telefoon ging niet nog een keer.

Die ochtend zou Lisa, ondanks haar verkoudheid, de kippen voeren. 'Kun je kippen ook aansteken?' had ze bezorgd aan Sprotje gevraagd. 'Kus ze maar niet op hun snavel,' had die geantwoord.

Toen Sprotje opstond sliep haar moeder nog. De Wilde Kippen hadden om twaalf uur op het buurtfeest afgesproken. Daar stond Roos al sinds tien uur achter een informatietafel wortel te schieten. Voor ze vertrok maakte Sprotje een thermoskan warme chocolademelk voor haar.

Het was behoorlijk druk op het marktplein. Het duurde even voor Sprotje tussen al die snackkraampjes, lootjesverkopers en biertenten de kraam van *Terre des hommes* gevonden had. Er stonden twee jongens bij Roos achter de behangtafel, ongeveer van Titus' leeftijd. Ondanks de kou waren ze alle drie in opperbeste stemming. Roos zwaaide toen Sprotje zich door de mensenmassa een weg naar de tafel baande.

'Daar ben je!' riep ze. 'Ik dacht al, je hebt vast een kater van al die kersenbonbons die je gegeten hebt.'

'Melanie heeft er twee keer zo veel van op als ik,' zei Sprotje toen ze uiteindelijk voor de tafel stond. 'Mijn hemel, was het hier vorig jaar ook zo druk?'

'Ja joh!' Roos legde een stapel folders recht. 'Mel vindt het jammer dat er geen botsautootjes zijn. Lisa en zij hangen daar ergens bij de lootjesverkopers rond.' Roos boog zich over de tafel. 'We hebben al een heleboel donaties gekregen. En drie nieuwe leden geworven. Goed hè?'

'Roos praat de mensen een slecht geweten aan, daar is ze heel goed in,' zei de jongen die naast Roos stond. 'Ze wordt altijd zo boos als ze over politieagenten vertelt die straatkinderen in elkaar slaan, of over kinderen die doodgaan aan diarree omdat ze geen medicijnen kunnen betalen. De mensen weten gewoon niet hoe snel ze hun portemonnee tevoorschijn moeten halen.'

'Nou, daar word ik ook heel boos van!' Roos gaf de jongen een por met haar elleboog. 'Als ik niet boos werd, zou ik in huilen uitbarsten. Heb je dat soms liever?'

'Ach joh, ik bedoelde het als compliment,' zei hij. 'Echt hoor.'

Sprotje gaf Roos de thermoskan. 'Hier, dan ontdooi je weer een beetje.'

'O bedankt!' Roos schonk vlug een beker vol en warmde haar handen eraan. 'Misschien moet ik de rest over mijn voeten gieten. Ik voel ze bijna niet meer. Dit hier...' ze wees naar de twee jongens, '...zijn overigens Bo en Mark. Vraag me niet wie van de twee het bijdehandst is.'

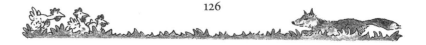

'Springen Roos, springen!' riep Bo. 'Dat is het enige wat helpt tegen koude voeten.' En de jongens begonnen achter de tafel rond te huppelen als voetballers die zich naast het veld warmlopen. Roos gaapte.

'Ik ben vandaag te moe voor die onzin,' mompelde ze. 'Ik heb ze verteld dat ik vannacht moest helpen om onschuldige gevangenen uit handen van de beul te redden, maar ze geloofden me niet.'

'Het is echt waar hoor,' zei Sprotje. Ze keek om zich heen. Het werd steeds drukker op de markt. 'O.B. belde vanmorgen,' fluisterde ze Roos toe. 'Vanaf zes uur heeft ze het aan één stuk door geprobeerd! Mijn moeder kreeg heel erg ruzie met haar, maar ze heeft gezworen dat we met z'n allen bij mij thuis televisie zaten te kijken. O.B. heeft zelfs gedreigd naar de politie te gaan, maar volgens mijn moeder waagt ze dat niet echt.'

'Nou, dat hoop ik dan maar,' mompelde Roos. 'Je oma is tot alles in staat. Heb je je moeder gezegd dat wij het waren?'

Sprotje knikte. 'Ik kon niet anders. En weet je wat? Ze vond het te gek.'

'Echt waar?' Roos schudde haar hoofd. 'Als mijn ouders het wisten...'

'Wat wisten?' vroeg Titus, die zich over de tafel boog. 'Zo, ben je al bevroren zusje, of krijg je het wel lekker warm van je goede daden?'

'Probeer het zelf maar eens.' Roos keerde hem haar rug toe en glimlachte naar een vrouw die geld stopte in de bus op de tafel.

'Waar zijn de andere Kippen?' Titus keek zoekend om zich heen.

'Heb je soms een bepaalde Kip in gedachten?' vroeg Sprotje. 'Er staat er een achter je, maar dat is geloof ik niet de goede.'

Titus draaide zich geërgerd om.

'Hallo Pingpongende Pissebed!' zei Lisa, met haar waterpistool op hem gericht. Ze kwam naast Sprotje voor de tafel staan. 'Hebben jullie Mel gezien? We stonden daar bij die lootjesverkopers en opeens was ze weg. De kippen zijn helemaal blij met hun nieuwe huis,' fluisterde ze Sprotje in het oor. 'Ze hebben de halve ren al omgespit. Maar morgenochtend voor school moet een van jullie meekomen om ze eten te geven. Ik...' verlegen snoot ze haar neus, '...ik vind het in het donker te stil daar. Ik heb de hele tijd het gevoel dat er in het bos een of andere viezerik naar me staat te loeren.'

'Geen probleem,' fluisterde Sprotje terug. 'Vanmiddag gaan we toch ook met z'n allen naar de caravan?' Ze draaide zich om naar Roos, die net iemand een stapeltje folders in de hand drukte. 'Wanneer ben je hier klaar?'

'Ze is nú klaar,' zei Bo. 'Wij doen het verder wel. Hoewel we zonder haar vast nog maar half zoveel geld ophalen.'

'Ach welnee.' Roos grijnsde naar hem. 'Leg nog maar wat folders over het straatkinderenproject neer, die zijn bijna op.'

'Ja baas,' zeiden de jongens met een diepe buiging. Roos stak haar tong naar hen uit, viste haar rugzak uit een kartonnen doos onder de tafel en ging er met Sprotje en Lisa vandoor.

Titus slenterde verveeld achter hen aan.

'Hé Titus, heb je niemand om mee te spelen?' vroeg Sprotje over haar schouder.

'Haha, ben al weg,' bromde Titus, 'ik wilde alleen even tegen mijn lieve zusje zeggen dat haar schaduw er ook weer is.'

Roos keek geschrokken om zich heen. Nog geen vijf passen bij hen vandaan hing Mat voor een eetstalletje rond. Daar had hij goed zicht op de kraam van *Terre des hommes*. Hij had een zonnebril op, wat er met dit grijze weer nogal belachelijk uitzag. Toen hij Roos zag kijken, verstopte hij zich snel achter twee vrouwen met kinderwagens.

'O jee!' zuchtte Roos.

'Succes verder, kakelkippetjes!' riep Titus voor hij in de feesttent verdween. 'O trouwens,' riep hij nog, 'voor het geval het jullie interesseert: dat lekkere stuk van jullie staat achter de patatkraam te zoenen.' Toen was hij eindelijk weg.

'Wat een etter is je broer toch!' mopperde Sprotje, al betrapte ze zich erop dat ze toch even de kant van de patatkraam op keek. Roos en Lisa keken ook. Maar alleen Steve en Fred doken uit het gewoel op, Fred met één, Steve met drie frikadellen.

'Hallo!' riep Fred. 'Hoe gaat het met jullie zusters? Allemaal veilig geland?'

Sprotje knikte. 'Hé Stevie,' zei ze. 'Leg je kaarten eens en breng je boezemvriend Mat aan zijn verstand dat Roos niet de ware voor hem is.'

Fred keek fronsend om zich heen. 'Hoezo? Loopt hij dan nog steeds achter haar aan?'

Roos zuchtte. 'Laat maar. Hij krijgt er vast wel een keer genoeg van.'

'Hm. Oké.' Fred haalde zijn schouders op en frunnikte aan zijn oorbelletje. 'Maar dat met die kaarten...' hij stootte Steve aan, '...is helemaal niet zo'n slecht idee. Zeg gewoon iets tegen Mat waar hij een beetje van afkoelt. Zeg dat hij binnenkort zijn grote liefde tegen zal komen, maak er een mooi verhaal van.'

'Heb ik al lang gedaan!' mompelde Steve. Hij zette zenuwachtig zijn bril recht. 'Dat is juist het probleem. De kaarten zeggen dat Roos... nou ja, dat zij...' hij stak hulpeloos zijn handen op, '...zijn grote liefde is. Dat zeggen de kaarten. Overduidelijk.'

'Dat meen je niet!' Sprotje keek hem verontwaardigd aan. 'Ben je nou helemaal gek geworden?'

'Wat kan ik er nou aan doen?' riep Steve beledigd. 'De kaarten zeggen wat ze zeggen.'

'De kaarten zeggen helemaal niets!' viel Sprotje uit. 'Waarom heb je het niet gewoon bij die kinderachtige kaarttrucs van je gelaten! Daar kon je tenminste geen schade mee aanrichten!'

Roos keek Steve alleen maar ongelovig aan.

'Hoor eens,' zei Fred tegen Sprotje. 'Ik weet niet wat er vandaag allemaal aan de hand is. Mat zit achter Roos aan en Willem is helemaal nergens te bekennen. Maar ik kan het jullie ook zo wel zeggen. We willen onze tegoedbon verzilveren. We hebben hulp nodig om onze spullen uit de boomhut te halen vóór morgen de graafmachines alles platgooien. Ik dacht dat we het wel alleen konden, maar dat lukt niet.'

De drie Kippen keken elkaar aan.

'Oké,' zei Roos. 'Jullie hebben ons geholpen, nu helpen

wij jullie. Dat hadden we afgesproken.'

'Best.' Sprotje haalde haar schouders op. 'Een tegoedbon is een tegoedbon. We hebben vanmiddag eigenlijk een clubbijeenkomst, maar wat maakt het uit, we komen gewoon eerst naar jullie toe. Als we Melanie en Kim tenminste nog vinden.'

'Hé chef, daar heb je Willem!' Steve wees naar het gedrang voor de patatkraam. Willem baande zich een weg door de wachtende mensen en kwam op hen af.

'Hoe gaat ie?' vroeg hij toen hij naast hen stond.

'Waar zat je nou de hele tijd, man?' viel Fred uit. 'We hebben nog een heleboel te doen. Of wil je soms dat ze morgen al onze spullen platwalsen?'

Willem haalde zijn schouders op. 'Het maakt mij allemaal geen bal meer uit,' mompelde hij.

'Hé Willem,' zei Lisa opeens, 'heb je Melanie toevallig gezien?'

Willem keek haar aan. Toen schudde hij zijn hoofd. 'Nee, hoezo?'

'O, zomaar. We zoeken haar gewoon,' antwoordde Lisa.

Sprotje en Roos wisselden een blik.

'Ik heb alleen Kim gezien,' bromde Willem. 'Met een of andere magere gast met zwart haar. Ze stapten net in de draaimolen toen ik langs liep.'

'De draaimolen?' vroeg Sprotje verbaasd.

Willem grijnsde. 'Ja, ze hadden de grootste lol, die twee. Kim zat op een roze paard en die gast in een brandweerwagen.'

'Zo zo.' Met een zucht gaf Sprotje Lisa en Roos een arm.

'Dan moeten we ons er maar eens doorheen wurmen. Misschien vinden we Mel ook bij de draaimolen. Zodra we ze opgespoord hebben komen we naar de boomhut, oké?'

'Prima!' zei Fred.

'Als jullie Mat zien,' riep hij hen nog na, 'Steve's kaarten zeggen: als hij vanmiddag niet naar de boomhut komt, is hij paddenvoer.'

'We zullen het doorgeven!' riep Lisa. 'Woord voor woord. Met het grootste plezier.'

Ze vonden Melanie bij de draaimolen. Ze stond naar Kim en haar neef te kijken, die in een brandweerwagen rondjes reden. Ze hadden zich met z'n tweeën in het autootje geperst. Paolo luidde als een bezetene de bel, die hij bijna tegen zijn hoofd kreeg, en Kim zat giechelend op de achterbank.

'Hé Mel, waar was je nou opeens?' vroeg Lisa. 'Je hebt je lot niet eens bekeken. Hier is het.'

'Dank je,' zei Melanie. Ze vouwde het briefje afwezig open. 'Natuurlijk, weer niets. Gaan we meteen naar de caravan? Ik heb nog meer cd's meegenomen, en een paar posters.'

'Nee, we moeten eerst naar de Pygmeeën!' schreeuwde Sprotje. De muziek van de draaimolen dreunde in haar oren.

'Ze willen hun tegoedbon verzilveren,' legde Lisa uit.

'O ja.' Melanie knikte. 'De graafmachines komen morgen. Ze balen er echt ontzettend van.'

De draaimolen minderde vaart en kwam tot stilstand. Kim en Paolo klommen met stijve benen uit de brandweerwagen. 'Kunnen we nog een rondje?' riep Kim.

'Nee!' riep Sprotje terug. 'We moeten weg. De jongens helpen de boomhut leeg te maken!'

Kim beet teleurgesteld op haar lip. Paolo nam haar bij de hand en baande zich een weg door de duwende en trekkende kinderen die met de volgende rit mee wilden.

'Nou eh...' mompelde Kim, die bij de andere Kippen bleef staan.

'Tot vanavond,' zei Paolo. Hij trok zachtjes aan haar nog steeds rode oorlelletjes en slenterde weg. Kim keek hem verlangend na.

Lisa grinnikte. 'Ik sta versteld. Echt, Kim. Dat had ik nooit van jou gedacht.'

Kim werd net zo rood als haar oorlelletjes.

'Kom,' zei Roos en gaf haar een arm. 'Waar staat je fiets?'

'Bij het postkantoor,' antwoordde Kim.

'Die van ons ook,' zei Lisa. Zwijgend slenterden ze over de lawaaiige markt. Ze begonnen trek te krijgen van al die lekkere luchtjes die er hingen. Roos kocht voor iedereen een grote zak popcorn, waarna ze op weg gingen naar de sloperij.

'Ik hoop maar dat het niet al te lang duurt,' zei Sprotje toen ze hun fietsen tegen het hoge hek zetten. 'Ik vind het maar niks dat de kippen de eerste dag helemaal alleen zijn.'

'Een van ons kan zo toch wel even bij ze gaan kijken?' stelde Roos voor.

Sprotje knikte.

Boven het bos cirkelde een buizerd. Sprotje keek bezorgd naar de hemel. 'Heb je die netten nog een keer goed vastgemaakt?' vroeg ze onderweg naar de boomhut aan Lisa.

Lisa knikte. 'Daar komt geen beest doorheen. Trouwens...' ze snoot haar neus, '...ik heb de advertentie opgegeven.'

'Welke advertentie?' vroeg Sprotje.

Lisa grijnsde. 'Nou, die advertentie voor je moeder. Dinsdag staat ie erin.'

Sprotje bleef staan. Verbijsterd staarde ze Lisa aan.

Melanie begon te lachen. 'Niet te geloven! Wat heb je erin gezet, Lisa? Kom op, vertel nou.'

'Dinsdag?' riep Sprotje. 'Dinsdag staat ie erin? Dat maak je meteen ongedaan. Mijn moeder krijgt een hartstilstand als er opeens allemaal mannen opbellen. Bovendien...' ze kreeg van woede bijna geen lucht, '...bovendien heeft ze helemaal geen verstand van mannen. Ze kiest vast de allerstomste die erbij is!'

Lisa hield schuldbewust haar zakdoek voor haar neus. 'Ik dacht dat jij het ook wilde,' zei ze zacht. 'Zodat je niet naar Amerika hoefde, zodat we bij elkaar konden blijven...'

'Ik word gek!' kreunde Sprotje.

'Kom op, zeg nou, Lisa.' Melanie stond nog steeds te lachen. 'Wat heb je erin gezet?'

Lisa keek Sprotje niet aan. 'Aantrekkelijke, rijpe taxichauffeuse zoekt man om tegenaan te kruipen.'

Kim beet op haar lippen, maar Roos en Melanie barstten in lachen uit. Ze moesten zo hard lachen dat ze zich aan elkaar vast moesten houden.

'Nou ja, een langere tekst was te duur geworden!' riep Lisa.

Sprotje rolde alleen met haar ogen. 'Nu gaat ze pas echt emigreren,' mopperde ze. 'Zodra de eerste sukkel aan de telefoon hangt. Jasses, Lisa!'

Zonder iets te zeggen liepen ze verder. Melanie en Roos moesten nog steeds lachen.

'Eén ding weet ik zeker. Voor de club heb ik binnenkort geen tijd meer,' zei Sprotje even later. 'Ik moet Engels leren.'

Deze keer kwam er geen muziek uit de boomhut van de Pygmeeën. Er was alleen getimmer te horen, geen stemmen, geen gelach. Toen de Wilde Kippen bij de poel aankwamen, stonden Mat en Fred aan de voet van de ladder spijkers uit planken te trekken die ze een week eerder nog geverfd hadden. Van de boomhut was alleen nog een geraamte over. De jongens hadden zelfs het asfaltpapier al van het dak gehaald. De ramen, die Freds opa hun gegeven had toen zijn volkstuinhuisje werd afgebroken, de afgedankte vloerbedekking van Steve's moeder, de petroleumlampen die ze zelf bij elkaar gespaard hadden, de kist die een tafel was, de matrassen, pannen, het bestek – alles lag opgestapeld, ingepakt en bij elkaar gebonden aan de rand van de poel.

'Hallo,' mompelde Fred toen hij de meiden zag staan. 'We kunnen lang niet alles op de fiets meenemen, maar Steve heeft een bolderwagen geregeld. En vanavond komt mijn vader met de auto naar de bosrand.'

Sprotje knikte. 'Waar brengen jullie de spullen heen?'

Fred schraapte zijn keel. 'Naar mijn opa,' zei hij. 'Daar kunnen ze niet eeuwig blijven, maar... nou ja.' Hij haalde zijn schouders op.

Melanie keek omhoog, waar Steve de balustrade van het platform aan het afbreken was. Willem zat met zijn benen over de rand en staarde naar de sloperij; tussen de bomen

waren de graafmachines duidelijk te zien.

'Hé Willem!' riep Mat. 'Gooi die tang eens naar beneden, die grote roestige.'

'Die ziet het helemaal niet meer zitten,' zei Fred terwijl hij een plank op de stapel naast de poel gooide. 'Hij zat meer hier dan thuis.'

'Ik kijk even of de koffie in de thermoskan nog warm is!' riep Steve naar beneden. 'Drinken Kippen ook koffie?'

'Als het moet!' Sprotje keek Fred spottend aan. 'Vinden jullie dat spul echt lekker, of drinken jullie alleen maar koffie omdat het zo volwassen staat?'

Fred moest lachen. 'Bijdehand als altijd!' zei hij. 'Wat moeten we anders drinken om warm te blijven? Thee is voor meiden, chocolademelk is voor kleine kinderen en van rum word je zo dronken.'

'Ik lust alleen koffie met heel veel suiker!' riep Roos omhoog.

'Geen probleem.' Steve verdween tussen de resten van de boomhut om de suiker te zoeken. Willem zat nog steeds roerloos op de rand van het platform.

Mat liet de hamer vallen en klom de ladder op. 'Ik ga Steve even helpen,' zei hij over zijn schouder.

Fred ging verder met spijkers uittrekken. Sprotje pakte Mats hamer en begon mee te helpen, terwijl Roos en Lisa de matrassen in plastic verpakten. Het was weer een bewolkte dag. Melanie hielp met de matrassen, maar keek de hele tijd omhoog naar Willem.

'De koffie is klaar,' riep Steve naar beneden. 'Boven komen!'

'De tafel is al weg,' zei Mat toen iedereen boven was. Hij

zette de kartonnen bekertjes op de grond.

Vier dagen hadden de Pygmeeën erover gedaan om het platform in de boom te bouwen. Geen storm, geen plensbui had er vat op gekregen.

Fred klopte op het hout en zei: 'Het had zo nog een eeuw kunnen blijven zitten.'

'Absoluut.' Steve schonk koffie in, ging weer zitten en keek droefgeestig naar zijn kaarten. 'Ziet er niet goed uit,' mompelde hij. 'Maakt niet uit hoe ik ze neerleg. Sombere vooruitzichten.'

Melanie bracht Willem een beker koffie. 'Alsjeblieft,' zei ze. 'Pas op, het is heet. Wil je suiker?'

Willem schudde zijn hoofd en nam de beker aan zonder naar haar te kijken. Daarna staarde hij weer zwijgend naar de graafmachines. Melanie aarzelde even, maar ging toen toch bij de anderen zitten.

'Waar woont je opa ook alweer?' vroeg Sprotje aan Fred. Ze lustte eigenlijk geen koffie, maar op dit moment deed het haar goed.

'Net voorbij het bos, vlak bij de volkstuintjes,' antwoordde Fred. 'Dat is gelukkig niet ver. Voor het donker wordt moeten we eigenlijk nog wel een paar keer heen en weer rijden. Mijn vader haalt vanavond met de auto de matrassen en de andere grote dingen, maar dat zei ik al.'

'Tja, nu hebben jullie een clubhuis en wij niet,' zei Steve. 'Maf hè?'

'Geluk voor de Kippen, pech voor de Pygmeeën,' zei Mat, starend in zijn dampende beker. 'Het stond allemaal in Steve's kaarten.'

Roos keek hem ongelovig aan. 'Geloof je daar echt in?'
Mat wierp haar een vijandige blik toe. 'Natuurlijk. Jij niet soms?'

Roos schudde haar hoofd.

'Hé Willem,' zei Fred. 'Zit niet zo te staren, man. Kom toch bij ons zitten. We bouwen wel weer een nieuwe boomhut, een veel mooiere.'

'Ik wil geen nieuwe,' bromde Willem zonder zich om te draaien. 'We hebben er drie jaar aan gebouwd. En die klojo's gooien het in één dag plat, allemaal voor zo'n verrekte sloperij!'

Met een sprong kwam hij overeind.

'Maar ik zal ze eens wat laten zien!' riep hij. Zonder de anderen aan te kijken stormde hij naar de ladder.

'Hé, wat ben je van plan?' riep Fred.

Maar Willem gaf geen antwoord. Hij klom de ladder af, en toen hoorden ze hem door het bos wegrennen.

Steve sloeg kreunend zijn handen voor zijn gezicht.

'Nu draait hij helemaal door!' zei Mat, die naar de rand van het platform liep en Willem nakeek.

'Blijf daar niet zo dom staan. Kom mee!' Fred rende naar de ladder. 'Die is iets stoms van plan! We moeten hem inhalen!'

'Inhalen? Hoe dan?' riep Steve.

'Maakt niet uit!' riep Sprotje. Ze duwde hem opzij en klauterde naar beneden. Melanie stond al onder aan de ladder. Zij aan zij raceten de Kippen en Pygmeeën door het bos. Eén keer haalden ze Willem bijna in, toen hij over een boomwortel struikelde en bij het opstaan in de takken van een bramen-

struik bleef hangen. Maar Willem was snel, sneller dan wie ook. Zelfs Sprotje met haar lange benen kwam niet bij hem in de buurt. Toen zij en Fred hijgend het bos uit kwamen, stond Willem al voor het hek van de sloperij. Het hek zat met een zware ketting op slot, maar daar trok Willem zich niets van aan. Zonder te aarzelen klom hij langs de ijzeren spijlen omhoog.

'Willem!' brulde Fred. 'Willem, doe niet zo stom!'

Hij probeerde Willems been te pakken, maar Willem schopte naar hem, zwaaide zijn benen over het hek en sprong aan de andere kant naar beneden. Hijgend keek hij om zich heen. Hij rende naar een hoop bouwafval en greep een ijzeren stang.

Fred bleef even besluiteloos staan, maar toen klom ook hij over het hek. Sprotje ging achter hem aan. In de opwinding kreeg ze bijna Freds voet in haar gezicht. Meteen na haar trok Melanie zich aan het hek op. Sprotje wierp een bezorgde blik op de keet van de opzichter. Er brandde licht. Achter het raam zat een man de krant te lezen. Zijn radio galmde over het terrein.

'Jullie blijven daar!' schreeuwde Fred naar Steve en Mat toen die ook over het hek wilden klimmen.

Willem rende met de ijzeren stang op de graafmachines af. 'Kleredingen!' schreeuwde hij. 'Vuile kleredingen!' Met volle kracht ramde hij met de stang op een van de koplampen. De glasscherven vlogen Fred en Sprotje om de oren.

'Willem, hou op!' schreeuwde Fred. Hij pakte Willems arm beet en Sprotje probeerde de stang uit zijn hand te wringen, maar Willem was altijd al de sterkste geweest. Hij duwde hen

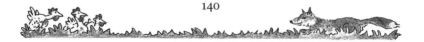

zonder moeite opzij, rende weer naar voren en sloeg de tweede koplamp kapot.

'Willem!' Melanie probeerde tussen hem en de graafmachine in te komen. 'Willem, hou op! Alsjeblieft! Je werkt jezelf
in de nesten!'

Maar deze keer kon ook zij niets doen. 'Laat me met rust!'
beet Willem haar toe. Hij klom op de graafmachine en sloeg
ook de voorruit kapot. Sprotje hoorde het glas breken.

'Help me!' schreeuwde Fred. Met z'n tweeën probeerden ze
Willem omlaag te trekken, maar Willem schopte en sloeg zo
wild om zich heen dat ze hem niet te pakken kregen.

'Fred!' riep Mat aan de andere kant van het hek. 'Fred, pas
op, de opzichter komt eraan!'

De opzichter.

Die waren ze helemaal vergeten.

De radio stond nog steeds keihard, maar toch had hij blijkbaar iets gehoord. De deur vloog open en hij kwam met een
honkbalknuppel in zijn hand naar buiten. Toen hij zag dat er
alleen een paar kinderen op het terrein waren, bleef hij verbluft staan. Op dat moment zag hij Willem, die nog steeds
blind van woede met de stang op de voorruit van de graafmachine in beukte.

'Hé!' schreeuwde de opzichter, die nu op de graafmachine
af rende. 'Ben je gek geworden? Kom onmiddellijk naar beneden! Laat die stang vallen.'

'Wegwezen Willem!' schreeuwde Fred. Zij aan zij met Sprotje en Melanie versperde hij de man de weg.

'Wat moeten jullie hier?' schreeuwde de opzichter terwijl
hij aan hun graaiende handen probeerde te ontsnappen. 'Is

dat de nieuwe rage? Graafmachines kapotslaan?'

De opzichter rukte zich woedend los, duwde met de steel van zijn honkbalknuppel Fred omver en rende naar de graafmachine.

Toen Willem hem zag komen hield hij op. Hij liet de stang vallen, klom op de cabine en klauterde aan de andere kant weer naar beneden.

Fred, Melanie en Sprotje wierpen zich weer op de opzichter, maar die bleef opeens als aan de grond genageld staan en staarde naar het punt waar Willem verdwenen was. 'Hé, ik ken jou!' brulde hij. 'Kom terug, ik ken jou!'

Willem schoot achter de graafmachine vandaan en rende zonder om te kijken naar het hek. Mat en Steve kwamen hem tegemoet om hem er overheen te helpen. De opzichter stond er nog steeds bij alsof hij geen stap meer kon verzetten. Hij ging met zijn handen door zijn haar en keek naar Willem, die al boven op het hek zat.

'Ik ken jou, knul!' riep hij nog een keer. 'Ren maar rustig weg. Ik ken jou.'

'Kom mee!' Fred trok Sprotje en Melanie mee naar het hek.

Sprotje keek telkens om, maar de opzichter keurde hen geen blik waardig. Hij had alleen oog voor Willem. Die duwde alle helpende handen weg, sprong op de grond en rende als een blinde terug het bos in.

'Schiet op, wegwezen!' schreeuwde Mat toen Fred en de meiden over het hek klommen.

'Inderdaad, wegwezen!' riep de opzichter, die de kapotte koplampen stond te bekijken, 'voor ik jullie gezichten ook nog onthoud.'

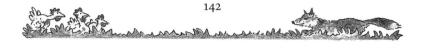

Samen gingen de Kippen en de Pygmeeën ervandoor. Kim snikte en Lisa moest aan één stuk door haar neus snuiten.

'Hé Steve!' kuchte Fred onderweg naar de boomhut. 'Stond hier ook iets over in je kaarten?'

'O shit!' zei Steve, snakkend naar adem. 'Hier komt gedonder van. En niet zo'n beetje ook!'

'Wat zou zo'n graafmachineruit kosten?' fluisterde Melanie. Ze liep steeds sneller, sneller en sneller. De anderen konden haar nauwelijks bijhouden.

'Hé Mel, niet zo hard!' riep Sprotje. 'Het is nu toch al te laat.'

Maar Melanie luisterde niet naar haar. Ze lette niet op haar schoenen die vies werden, niet op de bramentakken die gaten in haar broek scheurden. Steeds sneller struikelde ze door het bos, alsof ze door iemand op de hielen werd gezeten.

'Als Willems vader dit hoort,' mompelde Mat. 'Die slaat hem bont en blauw.'

Kim keek hem geschrokken aan.

'Hij gaat heus niet naar huis,' zei Fred. Hijgend kwamen ze bij de poel. Melanie stond al op de ladder.

'Hij is er niet!' riep ze wanhopig.

'Ja, waarom zou hij hier zijn?' riep Mat, die tussen hun opgestapelde eigendommen om zich heen stond te kijken.

'Maar waar is hij dan naartoe gegaan?' vroeg Roos. Ze keek bezorgd naar Melanie op. Die zat op het lege platform te huilen.

'De grote zaklamp is weg,' stelde Fred vast. 'En er ontbreekt ook een slaapzak.'

Ze zochten naar Willem tot het donker werd. Eerst te voet

143

in het bos, daarna pakten ze de fietsen. Ze belden naar zijn huis en naar zijn volwassen zus, die sinds een jaar op zichzelf woonde. Willem was er niet. Willem was nergens.

Pas toen het aardedonker was en ze niet meer wisten waar ze nog moesten zoeken, gaven ze het op. De spullen van de Pygmeeën lagen nog steeds aan de rand van de poel.

'Ik vraag mijn vader wel of hij twee keer wil rijden,' zei Fred toen ze verslagen naar het bos terugliepen. 'Die komt toch zo.'

'Kunnen wij nog ergens mee helpen?' vroeg Roos.

Fred schudde zijn hoofd. 'Laat maar. Gaan jullie maar naar de kippen. Jullie wilden toch nog bij ze gaan kijken, of niet?'

'Ja,' zei Sprotje. 'Tot morgen dan maar.'

Zwijgend liepen de Wilde Kippen met hun fietsen naar de weg.

'We hoeven niet met z'n allen naar de caravan,' zei Sprotje. 'Het is al best laat en als jullie naar huis moeten...' Ze keek de anderen aan. 'Ik zou het wel fijn vinden als er iemand mee-ging. Het is al hartstikke donker.'

'Ik weet niet...' Melanie begon alweer te huilen.

'Jij gaat naar huis,' zei Roos. Ze sloeg een arm om Melanies schouders. 'Ik ga wel met Sprotje naar de kippen.'

'Oké. Ik heb eigenlijk ook geen tijd meer,' zei Lisa. 'Mijn vader wil nog wiskunde met me oefenen. Ik krijg toch al gezeur omdat ik zo laat ben.'

Kim schraapte verlegen met haar voet over de grond. 'Ik wilde nog met Paolo naar de film. Hij gaat morgen alweer naar huis, maar...'

'Gaan jullie maar,' zei Sprotje. Ze ging met haar fiets naast

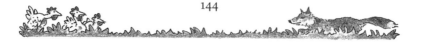

Roos staan. 'We zien elkaar morgen weer. Hopelijk wordt het dan een leukere dag.'

Met de kippen ging het goed. Ze zaten met z'n allen in de schuur. Toen Sprotje met haar zaklamp naar binnen scheen om ze te tellen, begonnen ze te kakelen alsof ze twee weken niets te eten hadden gekregen.

'Gelukkig!' zuchtte Sprotje. 'Ze zijn er allemaal nog.'

'Moet je ze horen kakelen. Ze gedragen zich precies zoals bij je oma,' zei Roos, die de doorgang naar de ren met een stuk hout dichtmaakte. Voor de zekerheid rolde ze er ook nog een grote kei voor. Tegen ongenode gasten.

'Lisa heeft gelijk,' fluisterde Roos toen ze weer buiten stonden. 'Het is eng hier als het donker is.'

De bomen staken inktzwart af tegen de lucht. De dichtstbijzijnde straatlantaarn stond een heel stuk verderop. Alleen de sterren schenen aan de hemel en in de verte waren een paar verlichte ramen te zien.

Opeens pakte Roos Sprotjes arm beet. 'Hoorde je dat?' fluisterde ze.

'Wat?' vroeg Sprotje. Ze deed de deur van de schuur op slot. Ze had twee grendels aan de deur geschroefd, eentje aan de onderkant en een in het midden. Voor de zekerheid.

'Ik weet niet...' Roos keek om zich heen.

'Ach joh, kom mee.' Sprotje lachte zacht. 'Zullen we nog even naar de caravan kijken?'

'Nee,' antwoordde Roos huiverend. 'Laten we naar huis gaan.'

Samen liepen ze door het vochtige gras terug naar de weg.

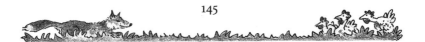

Sprotje bond het hek met een stuk ijzerdraad dicht.

'Wie is er morgenochtend aan de beurt om ze eten te geven?' vroeg Roos toen ze de donkere straat uit fietsten.

'Melanie en Kim,' antwoordde Sprotje. 'Dan zal het wel niet veel lichter zijn dan nu.'

'Stomme winter,' mompelde Roos.

'Ja, maar wij hebben een clubhuis,' zei Sprotje. 'En de jongens vanaf morgen niet meer. Ook al heeft die ene graafmachine nu een kapotte ruit en geen koplampen meer.'

'Ik wil er niet eens aan denken,' zei Roos zacht.

En onderweg naar huis vroegen ze zich allebei af waar Willem uithing en of hij ook bang was in het donker.

De volgende dag was Willem niet op school. Hij was ook niet
thuis geweest. Fred had een paar keer gebeld en ten slotte had
Steve maar gezegd dat Willem bij hem was, om Willems moeder gerust te stellen. Maar die leugen konden ze natuurlijk
niet lang volhouden.

Uitgerekend op die maandagochtend hadden ze een wiskundeproefwerk.

Fred staarde de helft van de tijd alleen maar naar zijn
blaadje en Steve en Mat streepten bijna alles wat ze geschreven hadden weer door. De Kippen brachten het er niet beter
van af.

Sprotjes hoofd tolde omdat oma Bergman nog voor het
ontbijt weer aan de telefoon had gehangen. 'Kippendieven
hebben bij mij niets te zoeken,' had ze Sprotje toegesnauwd.
'Vanaf vandaag kom je mijn huis en mijn tuin niet meer in.'
Eigenlijk had Sprotje tevreden kunnen zijn, want nu hoefde
ze tenminste niet meer in de koude aarde te wroeten, maar
ze was helemaal niet blij. Melanie zat de hele ochtend zenuwachtig met haar haar te spelen. Toen Roos voor het proefwerk

een flesje tea tree olie op haar tafeltje zette en zei dat dat beter was tegen pukkels dan welke megadure crème dan ook, blafte ze haar zo af dat Roos de rest van de ochtend geen woord meer met haar wisselde. Ze wisten allemaal best wat er met Mel aan de hand was. Haar slechte humeur had niets met sommen of met pukkels te maken. Bij Melanie thuis stonden alle kamers vol met verhuisdozen, want dit was de dag waarop zij en haar ouders in het nieuwe huis trokken. Maar dat maakte een wiskundeproefwerk er niet bepaald makkelijker op.

Kims ogen dwaalden van de wiskundeopgaven voortdurend naar het raam. Terwijl zij op school zat en probeerde te rekenen was haar neef weer op weg naar huis. Lisa hing hoestend en proestend boven haar opgaven en vroeg zich af wat haar eerder de das om zou doen, de griep of de schoolstress. En Roos – Roos had altijd al een hekel aan maandag, en bovendien greep die toestand met Willem haar bijna net zo aan als de Pygmeeën. Nee, vandaag kon niemand zijn hoofd bij zijn sommen houden.

In de pauze, toen de Kippen en de Pygmeeën eensgezind bij elkaar op de vensterbank zaten en somber toekeken hoe de regen met bakken uit de lucht viel, stapte mevrouw Rooze op hen af. Ze had nog steeds een rode neus en haar stem klonk heser dan anders, maar daar kon ze natuurlijk niet voor thuis blijven.

'Gisteren regende het glas op de sloperij,' begon ze. 'En toen ik vanmorgen koffie wilde gaan drinken belde Willems moeder huilend op omdat Willem de hele nacht niet thuis was geweest en de opzichter van de sloperij had gebeld om te zeggen

dat haar lieve zoon een graafmachine had gesloopt.'

'Wat een onzin,' mompelde Steve zonder mevrouw Rooze aan te kijken. 'Hoe komt die vent daarop?'

'De opzichter heeft ooit met Willems vader in de bouw gewerkt,' zei mevrouw Rooze. 'Hij heeft hem een keer thuis opgehaald, en toen heeft hij ook zijn woesteling van een zoon te zien gekregen.'

'Nou, die vader is anders ook een woesteling,' zei Fred, die door het kletsnatte raam naar het schoolplein staarde.

'Voor Willems vader weet ik nog wel een paar minder aardige woorden,' antwoordde mevrouw Rooze. 'Het schijnt dat Willem bij zijn aanval op de graafmachine in gezelschap van een paar vrienden en vriendinnen was. Dat waren jullie zeker? Kunnen jullie me zeggen wat er aan de hand is? Weten jullie waar hij is? Dan kan ik zijn moeder tenminste geruststellen.'

'Ze wilden de boomhut...' Verder kwam Steve niet. Fred gaf hem zo'n harde elleboogstoot dat hij van de vensterbank viel. Beledigd klom hij er weer op.

'Aha. Sloperij... boomhut... graafmachine. Ik snap het al.' Mevrouw Rooze knikte. 'Dank je, Steve. Het was dus geen het-is-zondag-en-ik-verveel-me-stierlijk-actie. Dat is een hele geruststelling. Maar waar zit de hoeder van het huis nu?'

Geen Kip, geen Pygmee keek haar aan. Ze hielden hun hoofd gebogen of keken uit het raam.

'Als jullie weten waar hij is, zeg het me dan alsjeblieft, dan kunnen we er iets op verzinnen!' drong mevrouw Rooze aan. 'Een ruit voor zo'n graafmachine kost een vermogen. Maar Willems moeder zei dat een vriend van Willems vader de ruit

goedkoop kan vervangen. De opzichter is niet van plan aangifte te doen, dus...'

'We weten niet waar hij is,' zei Roos. Ze keek op. 'Echt niet, mevouw Rooze.'

'En als we het wisten, zouden we het niet zeggen,' zei Fred zonder iemand aan te kijken. 'Willems vader is niet te vertrouwen, dat weet u best.'

Mevrouw Rooze zuchtte. Zenuwachtig speelde ze met haar ketting. 'Ja, dat weet ik,' zei ze. 'Maar zijn moeder maakt zich zorgen en...'

'Ja ja, die maakt zich altijd zorgen,' zei Steve. 'Maar als Willems vader hem in elkaar slaat, doet ze er niets aan.'

'Die vent slaat er al op los als Willem een keer liegt of zo,' zei Mat. 'Wat denkt u dat er gebeurt als Willem de ruit van een graafmachine kapot slaat en 's avonds niet thuis komt? Als ik Willem was zou ik ook niet naar huis gaan!'

'Ja, maar waar is hij dan?' riep Melanie. 'Hebben jullie daar al eens over nagedacht? Kijk eens naar buiten. Hij loopt nog ik weet niet wat op, als hij daar ergens rondhangt.'

'Jongens, alsjeblieft!' Mevrouw Rooze keek hen een voor een aan. 'Als jullie iets van hem horen, zeg het me dan in vredesnaam. Ik zal hem niet verraden. Erewoord.'

De jongens keken haar wantrouwig aan.

'Kijk niet zo,' zei Sprotje. 'Als Rooze haar erewoord geeft, dan houdt ze zich daar ook aan.'

'Dank je, Charlotte,' zuchtte mevrouw Rooze.

'Zeg maar tegen Willems moeder dat hij bij Steve is,' zei Fred. 'Dan is ze gerustgesteld. Ons geloofde ze niet, maar als u het zegt... anders rent ze straks nog naar de politie.'

Mevrouw Rooze knikte. 'Goed. Maar dat spelletje speel ik niet lang mee.' Ze liet haar stem dalen. 'Als ze erachter komen zit ik zwaar in de problemen.'

'Na school gaan we hem meteen weer zoeken,' zei Steve. 'Volgens mijn kaarten zit hij ergens in de buurt van bomen.'

'Je kaarten?' Mevrouw Rooze keek hem niet-begrijpend aan.

'Laat maar zitten.' Fred liet zich van de vensterbank glijden. 'We gaan hem in elk geval zoeken, en de Kippen helpen ook mee. Toch?'

Sprotje sprong ook van de vensterbank. 'Tuurlijk,' zei ze. 'Maar eerst moeten we naar de...' Ze deed haar mond net op tijd weer dicht.

'Naar de wat?' vroeg mevrouw Rooze.

'Eh... naar de, de...' stamelde Kim.

'Naar de... fietsen kijken, ja,' zei Lisa vlug. 'Die zijn nogal afgeragd, weet u.'

'Aha.' Mevrouw Rooze draaide zich hoofdschuddend om. 'Geen paniek, jullie clubgeheimen hoef ik helemaal niet te weten,' zei ze.

Toen ze buiten gehoorsafstand was, fluisterde Sprotje tegen Fred: 'Kunnen we niet beter apart zoeken? Het helpt niet echt als we met z'n allen rond gaan rijden.'

'Vind ik ook,' zei Fred.

'Ik weet eigenlijk niet waar we nog moeten zoeken,' zei Steve.

Daar hadden de anderen geen antwoord op.

'Kim en ik hebben besloten dat we de volgende keer de hond van haar buren lenen als we in het donker de kippen moeten voeren,' vertelde Melanie toen ze bij de verwilderde heg stopten.

'Ja,' zei Kim, 'we hoorden hier vanochtend hartstikke enge geluiden. Alsof er iemand door het gras sloop.' Ze rilde nog bij de herinnering.

'Shit! Dat was misschien een vos! Of een marter.' Sprotje zette haar fiets tegen de heg en haalde een plastic tas met groenteresten onder haar snelbinders vandaan. Fred had de tas op school aan haar gegeven. 'Ik ga even kijken of ik sporen zie.'

'Ik heb gisteravond ook iets gehoord,' zei Roos. Ze maakte het hek open. 'Misschien zijn het waterratten. Het hoeft toch niet meteen een vos of een wezel te zijn!'

'Ratten?' bracht Lisa geschrokken uit. Ze keek ongerust om zich heen.

'Waterratten,' zei Kim. 'Die zijn best schattig.'

'Schattig?' Melanie kreunde en liep op haar tenen door het hoge gras, alsof ze elk moment ergens op kon trappen. De kippen begonnen te kakelen zodra ze de vriendinnen over het grasveld aan zagen komen. Opgewonden verdrongen ze zich voor het kippengaas.

'Tja, kippen trekken nu eenmaal ratten aan,' verklaarde Sprotje. 'Het is voor ratten een gemakkelijke manier om aan eten te komen, al die korrels die overal liggen, die rauwe eieren...' Ze keek om zich heen. 'Misschien moeten we een paar vallen in het gras zetten. Rond de ren.'

'En er dan zelf in gaan staan zeker. Dank je feestelijk,' zei Melanie.

'Ze kunnen toch niet alweer honger hebben!' zei Kim. Bij de aanblik van Sprotjes tas werden de kippen zo wild dat ze boven op elkaar sprongen en elkaar pikkend met hun snavels probeerden te verjagen. Terwijl de kippen om het groenvoer vochten, ging Roos de stal in om eieren te zoeken. Er lagen er tien in het stro.

'Nou, zo te zien voelen ze zich thuis,' stelde Sprotje vast. Ze nam de eieren mee naar de caravan en de anderen kwamen achter haar aan.

'Kunnen we nog thee drinken voor we weer op Willem-jacht gaan?' vroeg Lisa.

'Ach, die vinden we toch nooit!' zuchtte Kim. 'Als de Pyg-meeën niet eens weten waar hij zit...' Op het trappetje haal-de ze de sleutel van de caravan uit haar broekzak – en opeens bleef ze stokstijf staan.

'Wat is er?' vroeg Sprotje. Ze legde de eieren in het gras.

Kim vloog het trappetje af en ging vlug tussen de anderen in staan. 'Het slot is gekraakt!' fluisterde ze ademloos. 'Met een mes of zo.'

De anderen keken haar geschrokken aan.

'Wat... wat... wat doen we nu?' stamelde Kim, die angstig naar het donkere raam van de caravan keek. Daarachter ver-roerde zich niets. De caravan zag er net zo vredig uit als altijd. Al waren daar natuurlijk wel die krassen op de deur.

'Wat een rotstreek!' bromde Sprotje. Er verscheen een die-pe rimpel tussen haar ogen.

'Kippen zijn nu eenmaal geen waakhonden,' fluisterde Melanie. 'Ze hebben vast alleen maar om eten staan bede-len.'

'We mogen blij zijn dat de inbreker ze niet heeft geslacht,' mompelde Lisa.

Ze trok haar waterpistool, maar stak het toen toch liever weer in haar mouw. Stel dat die kerel dacht dat het echt was. Hij had in elk geval een mes bij zich.

'We moeten de politie bellen,' zei Roos zacht. 'We weten niet eens met hoeveel ze zijn.'

Kim en Lisa knikten en keken gespannen naar Sprotje. Die stond driftig op haar onderlip te bijten. 'De politie? En die gestolen kippen dan? Nee.' Ze stapte vastberaden op het trappetje af. 'Ik ga binnen kijken.'

'Ben je gek geworden?' siste Roos. Ze hield Sprotje aan haar jas vast. 'Hij heeft een mes.'

'Dat slingert hij heus niet meteen naar me toe als ik mijn hoofd naar binnen steek,' siste Sprotje terug. Ze trok zich ongeduldig los en sloop het trappetje op. Ze hield een oor tegen de deur aan. Er was niets te horen. Helemaal niets. Alleen het tikken van die gruwelijke roze wekker die Melanie had meegenomen.

Onder aan het trappetje stonden de andere Kippen ongerust naar Sprotje te kijken. Lisa wilde achter haar aan gaan, maar Sprotje schudde van nee. Toen deed ze voorzichtig, heel voorzichtig de deur van de caravan open.

Met ingehouden adem zagen de andere vier hoe ze haar hoofd naar binnen stak. Kim kneep haar ogen dicht, voor het geval die vent toch met zijn mes ging gooien.

'O, ik hou het niet meer,' kreunde Melanie.

Sprotje draaide zich om. De deur liet ze openstaan.

'Niemand!' zei ze met gedempte stem. 'Maar er ligt wel een

slaapzak op het bed. Hij moet hier dus nog ergens zijn.'

Ze keken angstig om zich heen.

'Hier,' zei iemand. 'Hier ben ik.' Daar stapte Willem achter de caravan vandaan.

Melanie viel hem om de hals, maar Sprotje ontving hem minder hartelijk.

'Hoe wist jij van de caravan?' viel ze uit. 'Heeft Mel je dat soms verteld?'

Melanie draaide zich verontwaardigd naar haar om. 'Ben je wel helemaal lekker? Natuurlijk niet! Ik heb geen woord gezegd!'

'We weten het allemaal,' antwoordde Willem terwijl hij op het trappetje ging zitten. 'Die dozen waarmee jullie de kippen hierheen gebracht hebben, daar heeft Fred er twee van geprepareerd.'

'Geprepa... wattes?' vroeg Lisa.

Willem grijnsde. 'Hij heeft gaten in de bodem gemaakt en toen rijst in de dozen gedaan. Die viel eruit toen jullie met de kippen hierheen fietsten en wij hoefden alleen maar het spoor te volgen. Dat met die rijst deed Fred gewoon waar jullie bij stonden!'

'Ach, je meent het!' Sprotje staarde hem met opeengeklemde kaken aan.

Willem grijnsde nu nog breder. 'Jullie raden het nooit. Fred heeft de rijst in het kippenhok van je oma in de dozen gestrooid. Als hij het eerder had gedaan, was alles er alweer uit gevallen voor jullie op weg gingen. Maar jullie waren zo druk met kippen vangen dat jullie helemaal niet op Fred letten. Hij en Mat hoefden alleen maar in hun jaszak te graaien, snel een

paar handenvol in de dozen te gooien en de kippen erbij te stoppen. Die stomme beesten kwamen natuurlijk meteen aangewaggeld toen ze die rijstkorrels zagen. Freds enige zorg was dat ze de rijst op zouden hebben voor de korrels op straat konden vallen. Daarom heeft hij er ook nog een heleboel sla bij gedaan, en zo is het gelukt. Jullie spoor was zo duidelijk, het leek wel alsof jullie het met krijt op de straat hadden getekend.'

'Wat een rotjoch!' riep Sprotje. 'Hij heeft ons zijn woord gegeven, zijn erewoord. Hij zou ons niet volgen!'

'Ja,' zei Willem, knipperend met zijn ogen tegen de zon, 'maar jullie hebben niet goed geluisterd. Hij heeft alleen maar beloofd dat hij zaterdagavond niet achter jullie aan zou komen. Dus zijn we het rijstspoor zondagochtend gevolgd. We zijn later vertrokken dan we van plan waren, want Steve had zich verslapen, maar het spoor was nog heel duidelijk te zien. Op zondagochtend is het ook niet zo druk op straat. We verstopten onze fietsen in het bos, maar Lisa betrapte ons bijna toen ze de kippen kwam voeren. We konden ons nog net achter de schuur verstoppen. We hebben daar wel een halve eeuw gestaan. Haar hele levensverhaal vertelt ze aan die kippen! Steve deed het bijna in zijn broek omdat hij niet mocht lachen.'

Lisa hapte verontwaardigd naar lucht – en probeerde zich uit alle macht te herinneren wat ze allemaal tegen de kippen gezegd had. Ze keek de anderen berouwvol aan. 'Ik heb dat spoor niet gezien,' zei ze beteuterd. 'Echt niet.'

'Geweldig,' mopperde Sprotje. 'We hebben die caravan net een paar dagen en meteen hangen de Pygmeeën achter de

schuur rond!' Ze spuugde boos in het gras.

'Nou en?' Willem keek haar geprikkeld aan. 'Jullie wisten toch ook waar ons clubhuis was? Toen we er nog een hadden.' Hij trok een gezicht. 'Het spijt me van dat slot, maar ik wist gisteren niet waar ik heen moest. De regen kwam met bakken uit de lucht en ik kon niet naar huis. Eerst heb ik een tijdje onder de oude brug over het kanaal gezeten, maar daar tochtte het als de hel en bij de volkstuintjes beet een of andere rothond me bijna in mijn kont. Man, wat was ik nat. En verkleumd als een Eskimo. Toen de regen al langs mijn rug omlaag liep, schoot me opeens jullie caravan te binnen.' Hij haalde een hand door zijn haar. 'Het was hier pikdonker, ik ben zo'n beetje tegen elke boom op gebotst en dat hek liep ik eerst straal voorbij. Maar in de caravan krijg je het heel snel weer warm.' Hij stond op. 'Je hoeft me niet zo aan te kijken, Opperkip,' zei hij tegen Sprotje. 'Ik ben al weg hoor. En ik betaal wel voor het slot, al stelde het niet veel voor. Ik had het zo open.' Met een somber gezicht liep hij tussen Lisa en Kim door. 'Tot later,' zei hij over zijn schouder. 'Ik heb een heleboel paardenbloemen bij de kippen naar binnen gegooid. Vonden ze heerlijk. Als jullie de anderen zien, zeg dan maar tegen Fred dat ze me niet moeten zoeken, oké?'

'Hé wacht!' Melanie ging achter hem aan en hield hem aan zijn jas vast. 'Je slaapzak ligt nog in de caravan. Trouwens, waar wou je heen? Ik bedoel...' Ze keek hulpzoekend naar de anderen.

Kim streek door haar korte haar. 'Wat mij betreft kan hij wel een tijdje hier blijven,' zei ze.

'Natuurlijk.' Roos knikte. 'Waar moet hij anders heen?'

'Misschien kan hij 's ochtends de kippen voeren,' stelde Kim voor. 'Dan hoeven wij niet steeds voor school hier naartoe te komen.'

Lisa keek Sprotje aan.

Die keek Willem niet bepaald vriendelijk aan, maar uiteindelijk haalde ze haar schouders op. 'Best, maar niet langer dan een paar dagen.'

Willem bleef besluiteloos naar Sprotje staan kijken.

'Wat kijk je nou, man!' riep ze geërgerd uit. 'Nee, ik ben er niet blij mee dat er een jongen in ons clubhuis zit, maar ik ben hier niet de baas of zo. Jullie springen allemaal meteen in de houding als Fred iets zegt, maar bij ons gaat het anders. Als de anderen zeggen dat je kunt blijven, dan is dat zo.'

'Hè hè!' riep Lisa. 'Kunnen we na deze schrik dan eindelijk thee gaan drinken?'

Kim giechelde zenuwachtig.

Maar Melanie trok Willem mee het trappetje op. 'Kom,' zei ze. 'Alleen hebben wij helaas nooit iets anders dan thee.'

'Bijna nooit,' zei Roos terwijl ze achter hen aan naar binnen ging. 'Al zou Mel het liefst elke dag rum drinken.'

Sprotje bleef buiten voor het trappetje staan. Met een diepe frons in haar voorhoofd keek ze naar de weg. Ze had het kunnen weten! Op het moment dat Fred aanbood voor dozen te zorgen. Zoiets deden de Pygmeeën niet uit de goedheid van hun hart. Tenminste, niet vaak.

'Rijst!' mompelde ze. 'Wat een gemene rottruc.' En ze ergerde zich kapot omdat ze niet beter had opgelet.

In de caravan was alles nog precies zoals ze het achtergelaten hadden. Alleen de slaapzak en het ingedeukte kussen op het matras verraadden dat Willem er die nacht had geslapen. Verlegen rolde hij de slaapzak op en klopte het kussen plat. Kim onderdrukte een lachje.

Sprotje ging op de rand van de tafel zitten. 'Hoe lang denk je dat het duurt voor Fred erachter komt waar je bent?' vroeg ze. 'Of weet hij het al?'

'Hoe zou hij het moeten weten?' bromde Willem. Hij stopte het kussen in de kast waarin hij het gevonden had. 'Hoe zijn jullie eigenlijk aan die caravan gekomen? Stond die hier zomaar?'

'Kim heeft hem van haar vader gekregen,' riep Roos vanuit de keukenhoek, waar ze water opzette voor de thee. 'Hij wilde niet dat Kims moeder hem na de scheiding zou krijgen.'

'Aha.' Willem ging op het matras zitten en keek om zich heen. 'Jullie zouden nog posters op kunnen hangen. Of zijn jullie meer voor kippenplaatjes?'

'Breek jij daar je hoofd maar niet over,' zei Sprotje. 'Dit

is ons clubhuis. We verlenen je alleen een tijdje asiel, begrepen?'

'Begrepen.' Willem keek haar spottend aan. 'En als ik me niet als een kip gedraag, smijten jullie me eruit.'

'Precies,' zei Sprotje. 'En je blijft met je vingers uit de kasten.'

'Jemig, Sprotje!' Melanie trok een gezicht. 'Hou toch op met dat slappe geklets. Hij heeft echt wel genoeg aan zijn hoofd hoor.'

Sprotje haalde haar schouders op en keek uit het raam.

'Zet onze fietsen achter de heg,' zei ze tegen Lisa en Kim. 'Ik wil wedden dat we straks nog meer bezoek krijgen. Fred is namelijk niet achterlijk.'

Lisa rende ijverig naar buiten. Kim slenterde verveeld achter haar aan.

'Trouwens, Willem, mevrouw Rooze zei dat de opzichter van de sloperij je ouders gebeld heeft,' zei Roos terwijl ze een doos ijs uit de koelkast haalde. Die hadden ze er een dag eerder ingezet. Het ijs was een beetje zacht geworden, maar nog best lekker. Melanie hielp haar de pap over zes kommetjes te verdelen en strooide er hagelslag over.

'Die vent kent mijn vader van het werk,' zei Willem. 'Vette pech dat uitgerekend hij in die keet zat.'

'Misschien was het juist een gelukje.' Melanie gaf hem een schaaltje ijs. 'Een vreemde had vast aangifte gedaan. Maar nu kan je vader de reparatie met hem regelen. Dan wordt het lang niet zo duur.'

'Het wordt nog duur genoeg,' zei Willem, die met een vies gezicht in het ijs roerde. 'Een vreemde opzichter had alleen

kunnen zeggen dat het een of andere jongen was. Hoe waren ze dan ooit bij mij terechtgekomen? Trouwens, ik heb vanmorgen een paar eieren gebakken en wat van jullie brood gegeten. Zou ik misschien nog een beetje mogen?'

'Brood? Tuurlijk.' Melanie vloog weer naar de keuken. 'Waar ligt het brood?'

Zonder een woord te zeggen schoof Roos een pak knäckebröd, worst en boter naar haar toe.

'Jeetje Mel, dat kan hij ook zelf wel pakken hoor,' zei Sprotje. 'Je rent rond als zijn privé-bediende.'

Melanie werd rood tot onder haar haar. 'Nou en?' viel ze uit. 'Jij wilt toch dat hij met zijn vingers uit de kasten blijft. Hoe moet hij dan zelf iets pakken, hè?' Boos wurmde ze zich met het knäckebröd langs Sprotje. Ze ging naast Willem op het matras zitten en zette het bord op zijn schoot.

'Bedankt,' mompelde hij. Hij werkte het knäckebröd sneller naar binnen dan de kippen van oma Bergman slablaadjes verorberden. 'Het maakt ook niet uit, dat van die opzichter,' zei hij met volle mond. 'Ik was toch al van plan van huis weg te lopen. Dan doe ik het gewoon nu.'

'Weglopen?' Melanie keek hem geschrokken aan. 'Hoezo weglopen? Waar naartoe?'

'Met een schip mee of zo,' antwoordde Willem zonder haar aan te kijken.

De deur van de caravan ging open en Lisa en Kim kwamen weer binnen. Ze namen een vlaag koude lucht mee. 'Opdracht uitgevoerd,' zei Lisa, die zich tevreden op de bank liet ploffen. Kim ging naast haar zitten, speelde met haar oorbelletje en keek onopvallend naar Melanie en Willem.

'Met een schip mee, ja hoor!' Sprotje rolde spottend met haar ogen. 'Hoe wou je dat voor elkaar krijgen? Je denkt toch niet dat ze je zo maar meenemen? Je weet nog niet eens het verschil tussen bakboord en stuurboord, of hoe dat ook heten mag.'

'Dan ga ik gewoon stiekem aan boord!' snauwde Willem. 'Dat lees je toch altijd in de krant? Het is zelfs wel eens iemand gelukt om als verstekeling met een vliegtuig mee te gaan. Helemaal naar Australië. Die was net zo oud als ik. Bovendien hoef ik alleen maar naar Amerika.'

'Alweer Amerika!' Roos zette de thee op tafel en ging met een bakje yoghurt bij het raam zitten. 'Misschien kan je met Sprotjes moeder mee.'

'Je vergeet Lisa's advertentie,' zei Melanie. 'Sprotjes moeder hoeft vast niet meer zo nodig te emigreren. Al kan het natuurlijk ook zijn dat er zoveel gekken op die advertentie afkomen dat ze definitief op de vlucht slaat.'

Zij en Roos lachten. Willem keek hen niet-begrijpend aan.

'Haha, heel leuk,' mompelde Sprotje. 'Zullen we het ergens anders over hebben?' Ze draaide zich weer naar Willem om. 'Niemand komt zo maar even Amerika in, dat kun je op je buik schrijven. Dat lukt volwassenen niet eens. Geloof me maar, ik kan het weten, mijn moeder praat namelijk nergens anders meer over.'

'Hé, stil eens!' Lisa zette vlug haar kopje neer en drukte haar neus tegen het raam. 'Er staat iemand bij het hek.'

'Waar?' Kim keek ingespannen over Lisa's hoofd heen naar buiten. 'Dat zijn de jongens!' riep ze. 'Alle drie!'

'Ga daar weg!' Sprotje trok Lisa en Kim bij het raam van-

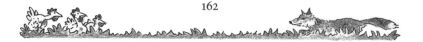

daan en deed haastig de gordijnen dicht. Door de kier loerde ze naar buiten.

'Komen ze hierheen?' fluisterde Kim.

Sprotje knikte.

'O help!' zuchtte Melanie. 'Jullie gaan toch niet echt verstoppertje met ze spelen hè? Zijn we hier op de kleuterschool of zo?'

De anderen letten niet op haar. Ze zaten achter de gesloten gordijnen en tuurden naar buiten.

'Ze kijken alsof ze op iets levensgevaarlijks af sluipen,' fluisterde Lisa.

'Ssst!' siste Sprotje. 'Waag het niet ons te verraden!' fluisterde ze in Willems richting. 'Eén kik en je kunt je asiel vergeten.'

Willem haalde alleen maar zijn schouders op. Melanie trok een lelijk gezicht naar Sprotje en schoof haar hand onder die van Willem. Hij haalde zijn hand niet weg. Sprotje had geen tijd om daarover na te denken. Met één sprong kwam ze van de bank. Ze vloog naar de deur en hield haar oor ertegenaan.

'Dat slaat toch helemaal nergens op!' mopperde Mat buiten. 'Waarom zou hij zich hier verstoppen? Die meiden zitten hier toch altijd?'

'O ja, betweter? Waar zijn ze nu dan?' Dat was Fred.

'Willem?' riep hij. 'Willem, ben je daar?'

Sprotje wierp Willem een waarschuwende blik toe. Die tikte tegen zijn voorhoofd.

'Wie is er nu een betweter?' hoonde Mat. 'Hij is hier niet.'

'Moet je die caravan zien!' zei Steve, die voor het raam stond. 'Dit is het mooiste clubhuis dat ik ooit heb gezien. En

nu hebben ze zelfs echte kippen als mascottes. Ik vind dat wij ook een dier als mascotte moeten hebben. Het liefst natuurlijk een of ander bosdier, een dikke spin met harige poten of zo. Maar een tamme rat zou ook leuk zijn. Een laboratoriumrat, die kunnen we dan uit de klauwen van zo'n wetenschappelijke sadist redden. Wat vinden jullie? Goed plan toch?'

'Doe niet zo dom. Voorlopig hebben we niet eens een clubhuis,' snauwde Fred. 'Waar moeten we dan een dier houden, hè?'

'We kunnen het toch om de beurt mee naar huis nemen.' Steve loerde door het raam, maar hij kon de meisjes achter de gordijnen niet zien.

'Ja hoor, Stevie!' lachte Mat. 'Een tamme rat! Mijn moeder zou krijsend op de tafel klimmen. Die is al doodsbang voor muizen.'

'Kunnen jullie nu even je kop houden?' bromde Fred. Hij liep het trappetje op. 'Aha. Moet je zien. Het slot is opengebroken. Als dat niet op Willems zakmes wijst...' Hij keek zoekend om zich heen.

'Het kan toch ook zijn dat die domme Kippen hun sleutel kwijt zijn en alleen zo naar binnen konden!' zei Steve met gedempte stem. 'Ik vind dat we maar weer moeten gaan.'

'Waarom doe je nou zo schijterig, man?' vroeg Mat. 'Ben je soms bang dat ze je een oog uit pikken als ze je betrappen?'

Lisa sloeg een hand voor haar mond om niet in lachen uit te barsten. Kim proestte in haar mouw. En Willem stootte het schaaltje met ijspap van het bed. Per ongeluk natuurlijk.

'Wacht eens even!' fluisterde Fred. 'Ik hoorde iets.'

Sprotje keek kwaad naar Willem.

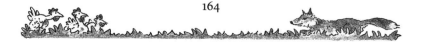

'Willem?' riep Steve met een bibberig stemmetje. 'Willem, ben je daar?'

'Hé Sprotje, zullen we nu ophouden met die onzin?' zei Willem.

Sprotje knikte naar Lisa. Samen gooiden ze de deur zo hard open dat Fred achterover van het trappetje viel en voor Steve's voeten in het gras belandde. Als klap op de vuurpijl kreeg hij ook nog een straal uit Lisa's waterpistool in zijn gezicht. Ook de andere Pygmeeën gaf ze de volle laag, snel en trefzeker.

'Hé, jij kijkt te veel westerns, idioot!' tierde Steve terwijl hij zijn bril droogmaakte. 'Je staat erbij als zo'n achterlijke sheriff, met je piefpafpistool.'

'Zoek maar een boom uit, kabouteropperhoofd,' zei Sprotje van bovenaf. 'Dan kunnen we je erewoord eronder begraven.'

'Je kakelt weer eens als een kip zonder kop!' schold Fred. Hij krabbelde overeind en haalde zijn mouw over zijn gezicht. 'Ik heb woord gehouden. Jij hebt alleen niet goed geluisterd.'

'Kippenschijt!' zei Lisa verachtelijk. Ze had haar druipende pistool nog in de hand. 'Dat vind ik nou echt kippenschijt. Je hebt beloofd dat je niet achter ons aan zou komen en je deed het toch, punt uit.'

'We zijn hier alleen maar omdat we Willen zoeken hoor!' riep Steve beledigd.

'Laat maar zitten,' zei Mat. Hij spuugde in het gras. 'Dat begrijpen die wijven toch niet. Ze willen het gewoon niet begrijpen.'

Op dat moment trok Melanie de gordijnen open. Willem

klopte op het raam, drukte zijn neus tegen het plexiglas en stak zijn tong uit.

'Hij is er wel!' riep Steve ongelovig uit. 'Verrek Fred, je had gelijk, hij is echt bij de Kippen ondergedoken!'

Duwend en trekkend renden de Pygmeeën het trappetje op.

'Ho ho, wat moet dat?' Samen met Lisa versperde Sprotje hen de weg. 'Jullie denken toch niet dat we jullie hier zomaar naar binnen laten stampen? Willem is een noodgeval, maar voor jullie geldt dat niet.'

'Hou op, Sprotje.' Roos gaf haar een por in haar rug. 'Ze hebben zich zorgen gemaakt. Laat ze erdoor.'

Sprotje deed met tegenzin een stap opzij. Lisa stopte eerst omstandig haar waterpistool weg voor ze plaats maakte.

'Hé, kijk eens, wat gaaf!' zei Steve toen hij in de caravan stond. Vol bewondering keek hij om zich heen. Fred fronste zijn voorhoofd, maar hij kon het toch niet laten om de caravan even snel in zich op te nemen.

'Ach,' vond Mat met een blik op de sterren boven zijn hoofd. 'Een beetje popperig. Ik had er in elk geval een paar ruimteschepen bij geschilderd. Maar die vrijhoek daar met die matras is niet slecht. Ik pas er precies in.' Hij keek naar Roos, die met haar armen over elkaar geslagen tegen de koelkast geleund stond.

'Nog één zo'n machotekst,' zei Sprotje knorrig, 'en je vliegt als een vogel de deur uit, gesnopen?'

'Hou nou eens op met dat gezeik, Mat.' Fred ging naast Willem aan tafel zitten. Melanie stond op en slenterde naar de koelkast. Willem keek haar na.

'Ik ben blij dat we je gevonden hebben, man,' zei Fred. Hij sloeg Willem op zijn schouder. 'Ik dacht al dat we je nooit meer terug zouden zien.'

Willem streek verlegen door zijn haar. 'Zijn de graafmachines al aan het werk?' vroeg hij.

Fred knikte. 'We zijn er na school even geweest. Het is een drama.'

'Alles ligt plat,' zei Steve, die naast Fred op het bankje schoof. 'Ze hebben nog een nieuwe machine laten komen. Die ene die jij in elkaar gebeukt hebt, staat op de sloperij te verroesten. Zelfs de poel is al dichtgegooid. Er sprongen alleen nog een paar doodsbange kikkers rond. We hebben ze gevangen en in de vijver van Freds opa gezet, maar in de paartijd gaan ze altijd terug naar waar ze geboren zijn, die arme mafkezen. En als ze daar weten te komen zonder plat gereden te worden, kunnen ze hun glibbereitjes alleen nog op een berg schroot kwijt.' Steve zuchtte. Kikkers waren zijn lievelingsdieren. Urenlang had hij aan de rand van de poel gezeten om te kijken hoe ze door het donkere water zwommen. Maar dat was nu ook voorbij.

'De stoppen sloegen door,' mompelde Willem. 'Opeens sloegen de stoppen door.'

'Je had suiker in de tank moeten gooien,' vond Mat. 'Daar gaat de motor meteen kapot van.'

'Ja geweldig!' Fred wierp hem een geërgerde blik toe. 'Dan had hij dat ding tot aan zijn pensioen af kunnen betalen. Klets toch niet altijd zo slap, Mat.' Hij draaide zich weer naar Willem om en sloeg een arm om zijn schouders. 'Je vader kan die machine goedkoop laten repareren,' zei hij.

'Dat heb ik gehoord,' zei Willem. Hij staarde naar buiten. Melanie ging ook weer aan de tafel zitten en keek hem bezorgd aan.

'En hoe gaat het nu verder?' Mat liet zich op het grote matras vallen. Toen Roos zijn kant op keek trok hij een gekke bek. Mat was een eersteklas gekkebekkentrekker. Vroeger had Roos er altijd om gelachen, maar nu draaide ze zich geïrriteerd om. Ze deed de deur open en ging buiten op het trappetje zitten.

'Hé Roos, het wordt koud hier,' mopperde Lisa.

'Ach joh,' zei Kim, die naast Roos ging zitten. 'Een beetje frisse lucht kan geen kwaad, toch?'

Roos glimlachte naar haar. Samen keken ze naar de kippen, die naar eten pikten en door de ren scharrelden en nergens iets van af wisten.

'We hebben tegen Willem gezegd dat hij voorlopig hier kan blijven,' zei Sprotje tegen Fred. 'Tot zijn vader afgekoeld is.'

'Nou, dat kan wel even duren,' zei Steve. 'Die koelt eigenlijk nooit af.' Met een somber gezicht haalde hij zijn kaarten uit zijn jaszak en begon ze uit te leggen.

'Stop die dingen weg!' zei Fred ongeduldig.

Beledigd liet Steve de kaarten weer in zijn zak glijden.

Mat kwam weer overeind in zijn hoekje. 'En hoe weten we of hij afgekoeld is?' vroeg hij.

'Ach, laat toch zitten!' Willem sprong op en liep naar de deur van de caravan. 'Ik ga toch niet meer naar huis.'

Roos draaide zich naar hem om. 'En je moeder dan?' vroeg ze.

Willem boog zijn hoofd en gaf een schop tegen de deurpost.

'Hé, dit is onze caravan, geen graafmachine!' riep Sprotje.

'Sorry,' mompelde Willem. Hij staarde naar de kippen in
hun ren.

'Moeten we tegen mevrouw Rooze zeggen waar je bent, zodat ze je moeder gerust kan stellen?' vroeg Fred.

'Ben je wel goed bij je hoofd?' Willem draaide zich geschrokken om. 'Dan staat een uur later mijn ouwe hier voor
de deur. Jullie mogen het tegen niemand zeggen, tot ik bedacht heb wat ik ga doen, oké?'

'Oké.' Fred haalde zijn schouders op.

Iedereen zweeg.

'Wat...' Lisa schoof haar haarband recht, '...wat gebeurt
er eigenlijk als ze erachter komen dat wij Willem verborgen
houden? Krijgen wij dan ook problemen vanwege die graafmachine?'

'En wat dan nog?' vroeg Roos over haar schouder.

'De hele wereld barst toch al van de problemen,' zei Kim,
draaiend aan haar oorbelletje. Haar oorlel deed helemaal
geen pijn meer.

De volgende ochtend gebeurde het, in de grote pauze. Van Eis had pleindienst en had zoals gewoonlijk niets in de gaten, omdat hij achter de school met de conciërge stond te kletsen en de ene sigaret na de andere rookte. Willems vader stormde het schoolplein op, banjerde zonder ergens op te letten tussen de kinderen door en keek om zich heen alsof hij zin had om iemand dood te slaan.

Lisa zag hem als eerste.

'Hé,' fluisterde ze in Sprotjes oor. 'Is dat niet de vader van Willem?'

Sprotje was met Roos en Melanie aan het elastieken. 'Waar?' vroeg ze.

'Lisa heeft gelijk!' Melanie stapte zo plotseling uit het elastiek dat het tegen de benen van Roos aan knalde. 'Wat moet die hier?'

'Herrie schoppen,' zei Roos terwijl ze het elastiek opraapte. 'Wedden?'

'Kom mee!' Sprotje rende weg. 'We moeten de jongens waarschuwen!'

'Wat is er aan de hand?' riep Kim, die op een vuilcontainer zat en voor het eerst van haar leven haar nagels lakte. Ze deed nooit mee met elastieken, omdat ze daar altijd als een nijlpaard van ging hijgen.

'Willems vader rent als een krankzinnige over het schoolplein!' riep Roos haar toe. Op hetzelfde moment waren de andere drie al in het gewoel op het schoolplein verdwenen.

'Hé wacht!' schreeuwde Kim. Ze had zo'n haast om van de container af te komen dat ze de nagellak over haar spijkerbroek goot.

Sprotje rende zigzaggend als een haas over het schoolplein. Af en toe maakte ze een sprongetje om beter te kunnen zien waar ze heen moest. Overal stonden die vervelende reuzen uit de bovenbouw haar uitzicht te belemmeren. De jongens waren niet achter de gymzaal aan het voetballen en ze hingen ook niet op het basketbalveld rond. Waar zaten ze?

Gelukkig had Willems vader ze ook nog niet gevonden. Sprotje zag hem zoekend langs het hek lopen. En toen ontdekte ze de Pygmeeën. Een paar meter bij Willems vader vandaan. Fred en Steve stonden met hun rug naar hem toe en Mat had alleen oog voor die stomme bal waar ze tegenaan schopten.

'Waarom rennen we eigenlijk zo?' hijgde Kim toen ze de anderen eindelijk ingehaald had.

'Ik ruik problemen,' antwoordde Sprotje, terwijl ze zo snel mogelijk tussen de kinderen door naar het hek slalomde. 'Moet je die kerel nou eens zien.'

Nu stond Willems vader vlak achter Fred.

'Nergens een leraar te bekennen!' riep Melanie. 'Die verdomde Van Eis. Die drukt ook altijd zijn snor!'

Willems vader greep Fred als een konijntje in zijn nekvel. De andere Pygmeeën draaiden zich geschrokken om, maar Willems vader duwde hen gewoon opzij.

'Die rotzak!' schreeuwde Sprotje. Ze kreeg van woede bijna geen lucht. Zonder erbij na te denken stormde ze de laatste meters op Willems vader af. Hij zag haar niet aankomen. Hij had het veel te druk met Fred door elkaar schudden.

Sprotje botste in volle vaart tegen hem op. Willems vader liet Fred los en viel voorover in een plas. Sprotje verloor haar evenwicht en haalde haar knie open aan het vochtige asfalt. Vloekend richtte Willems vader zich weer op, zijn handen en broek zaten onder de modder. Hij keek woedend om zich heen – en zag Sprotje, die ook net weer overeind krabbelde.

'Was jij dat?' blafte hij. Hij wilde haar grijpen, maar opeens stond Fred naast haar. Hij trok haar mee naar de anderen.

'We kunnen beter wegwezen!' zei Steve, maar hij bleef dapper naast Fred staan. Fred trilde over zijn hele lichaam. Sprotje kon het duidelijk voelen. Toen Willems vader hem in zijn val losliet, was hij ook gevallen. Zijn linkerhand bloedde, maar hij besteedde er geen aandacht aan. Met op elkaar geklemde kaken staarde hij Willems vader aan. Die haalde een zakdoek uit zijn jaszak en veegde zijn handen af.

'Die broek ga je betalen!' snauwde hij Sprotje toe. 'Achterlijk rotkind...'

'Maak dat u wegkomt!' riep Lisa met schelle stem. Ze kwam heel dicht naast Sprotje staan en trok haar waterpistool. 'U heeft hier niets te zoeken!' schreeuwde ze met een knalrood hoofd. 'Dit is een schoolplein!'

Tien meter verderop stonden drie bovenbouwers. Ze draai-

den zich om en keken matig geïnteresseerd hun kant op, waarna ze het vreemde tafereel weer verveeld de rug toekeerden.

'Waar is hij?' blafte Willems vader. Hij stak zijn zakdoek weer in zijn zak. 'Waar is Willem? Jullie weten natuurlijk waar hij zich verstopt heeft. Zeg op of ik neem jullie allemaal te grazen.' Hij kwam dreigend een stap dichterbij.

De Kippen en de Pygmeeën schoven heel, heel dicht naar elkaar toe.

'Kunt u niet tellen?' Roos' stem trilde maar een klein beetje. 'We zijn met z'n achten. U heeft er dus niets aan dat u groter bent. En als... als...' het trillen werd erger, want Roos was verschrikkelijk kwaad, '...als u Fred nog een keer zo door elkaar schudt, dan...'

'Wat dan?' vroeg Willems vader. 'Ik mag toch zeker wel vragen waar mijn zoon is? Denkt hij soms dat ik rustig ga zitten wachten tot hij weer een keer boven water komt? Denkt hij dat ik de kastanjes wel voor hem uit het vuur haal, terwijl hij er een potje van gemaakt heeft?'

'Belooft u dan dat u hem niet aanraakt als hij thuiskomt?' vroeg Lisa.

Sprotje en Fred gaven haar bijna tegelijk een por in haar zij, maar toen had ze het al gezegd.

'Aha, zie je wel. Jullie weten waar hij zit. Als ik het niet dacht.' Willems vader grijnsde tevreden en klopte een beetje aarde van zijn mouwen. 'Vooruit, zeg op. Met elke minuut die ik hier sta komen jullie alleen maar dieper in de problemen.'

De Kippen en de Pygmeeën keken hem vijandig aan.

'Voor mijn part blijft hij daar staan tot hij een ons weegt,' zei Mat. 'Zelfs Kippen verraden hun vrienden niet, toch?'

173

'Oké!' zei Willems vader bars. 'Wie van jullie neem ik als eerste te grazen? Wat denken jullie van die kleine betweter?'

Mat kromp in elkaar. Melanie kwam heel dicht bij hem staan.

'Ik geloof mijn ogen niet!' Willems vader deed een stap in Mats richting. 'Wat een helden zijn jullie, jongens. Als het spannend wordt kruipen jullie bij de meisjes. Dan heb ik nog liever een zoon die ruiten van graafmachines inslaat.'

'O ja, en wat bent u voor iemand?' Sprotje spuugde hem van woede bijna in zijn gezicht. 'U pakt jongens die een halve meter kleiner zijn dan u, u slaat uw eigen zoon in elkaar! Dat is wel het laagste van het laagste. Ze zouden u in een kooi moeten stoppen, u...'

Willems vader gaf haar met de vlakke hand een klap in het gezicht. Sprotje had het gevoel dat haar hoofd van haar romp gerukt werd, zo hard sloeg hij. Verdoofd viel ze tegen Mat aan, die nog steeds naast haar stond.

'Hé, nu gaan ze echt los daar!' hoorde ze een van de bovenbouwreuzen roepen.

Het volgende dat Sprotje wist was dat ze op de grond zat en haar kaak vasthield. Roos en Melanie hurkten bezorgd naast haar. Willems vader kon ze niet zien, want de anderen stonden beschermend om haar heen. Fred hield zijn vuisten gebald en Steve en Mat hielden hem vast. Ze waren zeker bang dat hij zich van pure woede op Willems vader zou storten.

'Vuile rotzak!' hoorde Sprotje Fred brullen. 'U bent gewoon een laffe rotzak!'

En toen hoorde ze de stem van mevrouw Rooze.

'Wat is hier aan de hand?' riep ze, terwijl ze een paar leer-

lingen opzij duwde die met grote ogen stonden toe te kijken.

Roos kwam overeind. 'Hij heeft Sprotje geslagen,' zei ze.

'En hij stond Fred door elkaar te schudden alsof hij zijn botten los probeerde te rammelen,' riep Steve.

'Dat had ik al gehoord,' zei mevrouw Rooze. Ze kneep haar ogen tot spleetjes. Dat deed ze alleen als ze verschrikkelijk kwaad was. 'Een leerling die nog bij zijn volle verstand was...' zei ze luid, en ze draaide zich naar de toeschouwers om, '... kwam me halen en vertelde het me onderweg hierheen. Die leerling bleef niet dom staan kijken terwijl er een medeleerling in elkaar geslagen werd, zoals jullie.'

Ze boog zich bezorgd over Sprotje, die met een opgezwollen gezicht nog steeds op de grond zat. 'Alles goed?' vroeg ze.

Sprotje knikte. Mevrouw Rooze wierp een blik op Fred, die spierwit weggetrokken was, en ging zo dicht bij Willems vader staan dat ze naar hem omhoog moest kijken. Mevrouw Rooze was niet zo groot.

'Maak dat u van het schoolplein afkomt!' zei ze. 'Nu onmiddellijk, anders bel ik de politie. Het feit dat u zomaar het schoolplein op wandelt en kinderen begint te slaan, lijkt me ruim voldoende voor een aangifte.'

'Heeft u hulp nodig, mevrouw Rooze?' vroegen de drie bovenbouwers die een paar minuten geleden nog verveeld hun kant op hadden gekeken.

'Mooi, eindelijk komen jullie in actie,' antwoordde mevrouw Rooze. 'Breng die man naar de poort. En zorg ervoor dat hij ook echt de goede kant op gaat. Maar zonder nog meer geweld, alsjeblieft.'

'U weet vast ook waar mijn zoon zit!' brulde Willems va-

der terwijl de reuzen uit de bovenbouw hem zachtjes richting poort duwden. 'Ik stuur de schoolinspectie op u af, u bent gewoon een kidnapper!'

'Mijn hemel,' mompelde mevrouw Rooze. 'Die man is echt door het dolle heen.' Ze draaide zich nadenkend om. 'Willen jullie me nu toch niet zeggen waar Willem is?' vroeg ze aan de Kippen en de Pygmeeën. 'Zo kan het toch niet langer? Ooit gaat de politie naar hem op zoek. Zijn moeder is ten einde raad.'

'We kunnen het niet zeggen,' zei Sprotje. Ze stond op. 'Echt niet, mevrouw Rooze. We hebben het Willem beloofd.'

'We zouden zijn moeder een brief kunnen schrijven,' opperde Roos. 'Om te zeggen dat het goed met hem gaat en dat hij gauw thuiskomt.'

'We kunnen ook proberen het geld bij elkaar te krijgen,' zei Fred. 'Voor die ruit. Zodat zijn vader een beetje kalmeert.'

Mevrouw Rooze keek zwijgend naar de poort, waar de reuzen Willems vader net op straat zetten. Met een woedende beweging schudde hij ze van zich af. Hij keek nog een keer om en liep toen met opgeheven hoofd weg.

'Dat geld is een probleem, ja,' mompelde mevrouw Rooze. 'Daar moet ik nog een keer mijn hoofd over breken. Maar dat is niet het enige. Hoe maken we deze woesteling onschadelijk?' Ze keek Fred aan. 'Gaat het echt goed met Willem?'

'Beter dan ooit, waarschijnlijk,' antwoordde Fred.

'Zeg tegen hem dat hij zich moet melden,' zei mevrouw Rooze. 'En snel ook. Anders spoort de politie hem op. Jullie snappen toch wel dat ze dat niet al te veel moeite zal kosten?'

De Kippen en de Pygmeeën knikten. Mevrouw Rooze liep met een diepe zucht terug naar school.

Roos schreef een brief aan de moeder van Willem. Onder biologie. Roos was goed in die dingen. Ze zetten allemaal hun naam eronder, de jongens natuurlijk ook. Mat plakte een bijzondere postzegel op de envelop, eentje die hij eigenlijk voor zijn postzegelverzameling had gekocht, en Sprotje deed de brief na school op de post. Na die toestand met Willems vader durfde zelfs Fred hem niet bij Willems ouders in de bus te gooien.

Toen Sprotje thuiskwam was haar moeder er ook al. In de keuken stond nu eens geen cd met Engelse lesjes op, maar haar moeders hippiemuziek. Sprotje zette de cd-speler wat zachter en ging bij haar moeder aan tafel zitten.

'Ik heb pannenkoekenbeslag gemaakt,' zei Sprotjes moeder, opkijkend van haar krant. Meteen liet ze hem geschrokken zakken. 'Mijn hemel, wat is er met jou gebeurd? Hebben jullie soms weer ruzie met die piggelmeeërs, of hoe heten ze?'

'Inderdaad,' mompelde Sprotje. Als haar moeder te weten kwam dat Willems vader haar geslagen had zou ze zich verschrikkelijk opwinden, en Sprotje had wel even genoeg op-

winding gehad. Genoeg voor honderd jaar.

Met een zucht verdween haar moeder weer achter de krant. 'Ik begin zo aan de pannenkoeken,' zei ze. 'Ik drink even mijn koffie op.'

'Rustig aan, ik ben nog niet aan het verhongeren.' Sprotje haalde de melk uit de koelkast. 'Nog iets van O. B. gehoord?'

'Ze heeft op het antwoordapparaat ingesproken,' antwoordde haar moeder. 'Wil je het horen?'

Sprotje zette met een diepe zucht de melk neer en ging naar de telefoon. 'Laat maar eens horen, oma,' zei ze terwijl ze de band terugspoelde.

Oma Bergman klonk net zo hees als altijd. 'Met mij,' kraste ze. 'Natuurlijk! Alweer niemand thuis. Ik haat het om steeds met dit apparaat te moeten praten. Maar ik heb ook geen tijd jullie aan één stuk door te bellen. Dit is een bericht voor Sprotje: die taaie ouwe kippen die je van me gestolen hebt mag je houden. Ik hoef ze niet meer terug. Al zou je me op je knieën smeken.'

'Dat zou je wel willen hè?' fluisterde Sprotje.

'Je zult nog wel merken hoe het is als ze je het hemd van het lijf vreten,' ging O. B. verder. 'Dat is dan een les voor de rest van je leven. Ik zal je ook niet aangeven, al heb ik daar wel heel veel zin in. Maar ik eis wel schadevergoeding. Vijftien diepvrieskippen of aflossing van je schuld met werk in de tuin. Een fijne dag nog.'

Sprotje wiste het bericht. 'Je bekijkt het maar,' mompelde ze. 'Het hemd van je lijf vreten, een les voor de rest van je leven, pfff.' Met een somber gezicht slofte ze terug naar de keuken.'

'Hartverwarmend hè?' zei haar moeder, bladerend in de krant.

'Roos en Lisa zijn er ook voor om haar iets te betalen,' zei Sprotje.

'Ach kom, geef dat geld liever aan kippenvoer uit. Kippen eten vreselijk veel, vooral als het koud is.'

Sprotje zuchtte. 'Weet ik.'

Haar moeder keek haar bezorgd aan. 'Kijk niet zo treurig,' zei ze. Ze streek met een vinger over Sprotjes neus. 'Ze trekt haar verbod toch binnen de kortste keren weer in. Op z'n laatst als de spruitjes in het onkruid ten onder gaan.' Ze verdween weer achter haar krant. 'Moet je dit horen,' zei ze. '*Tedere vrouw zoekt beer om tegenaan te kruipen.* Mijn hemel. Sommige mensen zetten zichzelf wel heel erg voor schut. Ik zou nog liever het klooster in gaan dan dat ik zo'n domme advertentie plaatste.'

Dinsdag! Het was dinsdag!

Sprotje slikte. Lisa's advertentie.

'Mam,' zei ze vlug. 'Mijn maag maakt hele vreemde geluiden. Wil je alsjeblieft pannenkoeken gaan bakken?'

'O ja, sorry!' Haar moeder nam snel nog een slok koffie, legde de krant weg en stond op.

'Ik heb al vrij gevraagd,' zei ze terwijl ze de pan op het gasfornuis knalde. 'Voor de voorjaarsvakantie. Ik heb ook al naar vluchten geïnformeerd. We gaan eerst maar eens naar New York. San Francisco wordt te duur.'

'Hm,' deed Sprotje. Ze haalde de krant onopvallend naar zich toe.

'We vliegen erheen en ik probeer erachter te komen hoe

dat precies zit met die werkvergunningen,' zei haar moeder. Het beslag liep sissend in de pan. 'Kan zijn dat je helemaal geen *greencard* nodig hebt om op een taxi te mogen rijden. Wat vind je ervan? Jij en ik in New York, dat zou toch geweldig zijn?'

'Hm,' mompelde Sprotje weer. Ze ging met een vinger langs de ene achterlijke contactadvertentie na de andere. Waar was die van Lisa?

'Verdomme!' vloekte haar moeder. 'Waarom kan ik dat toch niet? Nu is deze pannenkoek ook alweer mislukt.'

'Geeft niet, ik vind je kapotte pannenkoeken juist lekker,' zei Sprotje terwijl ze haar vinger verder liet dwalen. *Lief konijntje, knuffelbeer, aantrekkelijk maar verlegen, taxichauffeuse...* Daar had je hem.

'Wat lees je daar?' Haar moeder keek nieuwsgierig over Sprotjes schouder. Sprotje dook in elkaar en legde een hand op Lisa's advertentie, maar haar moeder duwde haar vingers weg.

'Laat eens zien,' zei ze. 'Wat staat daar voor interessants? *Aantrekkelijke, rijpe taxichauffeuse zoekt man om tegenaan te kruipen.* Niet erg origineel, maar...'

Opeens werd ze heel stil. Sprotje hield haar adem in en deed een laatste, zielige poging om de advertentie te verbergen. Maar haar moeder pakte haar al bij haar schouders en draaide haar naar zich toe.

'Dat is ons telefoonnummer,' zei ze. Haar gezicht was knalrood. 'Zeg eens, ben je soms niet goed bij je hoofd? Wil jij een man voor me uitzoeken?' Haar stem sloeg bijna over. 'Had je niet op zijn minst eerst even met mij kunnen overleggen

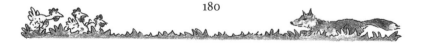

voor je dat bezopen idee uitvoerde?'

'Ik heb het helemaal niet gedaan!' riep Sprotje. 'Ik zou zoiets achterlijks nooit verzinnen.'

Haar moeder keek haar verbluft aan. Ze wist best dat Sprotje niet kon liegen. Als ze het wel eens probeerde, zag je het meteen aan haar neus.

'Wie was het dan wel?'

'Mag ik mijn pannenkoek?' vroeg Sprotje bedeesd.

'O verdorie, die is nu vast al koud.' Sprotjes moeder schepte de mislukte pannenkoek op een bord en zette hem voor Sprotjes neus.

Sprotje bestrooide de pannenkoek royaal met poedersuiker en begon te eten. 'Het was Lisa's idee,' vertelde ze met volle mond. 'Omdat ze niet wil dat we gaan emigreren, snap je?'

'Zoiets gestoords heb ik echt nog nooit gehoord,' zei haar moeder. Ze perste haar lippen op elkaar en deed een poging een pannenkoek in de lucht om te draaien. De pannenkoek viel verfrommeld terug in de pan. Met een zucht draaide Sprotjes moeder het gas uit, waarna ze met de pan naast Sprotje aan tafel ging zitten. Ze prikte een stukje pannenkoek aan haar vork, blies en stak het in haar mond.

'Ik dacht dat jij geen nieuwe vader wilde,' zei ze.

'Wil ik ook niet,' antwoordde Sprotje. 'Maar ik wil ook niet emigreren.'

Haar moeder at zwijgend verder. Opeens kreunde ze: 'O god, straks belt natuurlijk de ene eenzame ziel na de andere! Ons telefoonnummer staat erbij! Heeft Lisa er nog nooit van gehoord dat je zo'n advertentie onder nummer opgeeft?'

'Onder wat?'

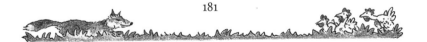

'O, laat maar.' Sprotjes moeder zuchtte weer. Even later begon ze opeens te lachen. 'Mijn hemel, wat voor figuren gaan er straks allemaal bellen? Alhoewel, misschien belt er wel helemaal niemand. Rijp klinkt wel erg naar overjarige kaas.'

'Maar ja, jong was niet helemaal waar geweest hè?'

'Waarschijnlijk niet. "Een tikkeltje sleets" was nog het dichtst in de buurt gekomen. Maar waarom staat er niets over jou? Heeft leuke dochter, die niet veel met mannen op heeft. Zoiets.'

'Melanie dacht dat kinderen...' Sprotje schoof haar lege bord aan de kant, '...afschrikken.'

'Aha.' Haar moeder grijnsde. 'Ik begrijp dat jullie de zaak uitgebreid doorgesproken hebben. Heb je je kippenvriendinnen soms ook verteld dat ik een slechte smaak heb, qua mannen?'

Sprotje ging verlegen met een vinger over het patroon op haar bord.

'O nee!' Haar moeder keek haar ongelovig aan. 'Sprotje! Dat van het stukgesmeten serviesgoed, weten ze dat ook?'

Sprotje klemde haar kiezen op elkaar en knikte.

Haar moeder verborg haar hoofd in haar armen. 'Jullie mogen nooit meer met de taxi mee!' hoorde Sprotje haar mompelen. 'Geen van allen. Ik wil geen kip meer zien.'

'Jij vertelt toch ook de hele tijd dingen over mij die niemand wat aangaan!' riep Sprotje.

Haar moeder tilde haar hoofd op. 'Aan wie dan?'

'Nou, aan je boezemvriendinnen,' antwoordde Sprotje. 'Of niet soms?'

'Het zal wel.' Haar moeder streek het haar uit haar gezicht.

'Maar voor die advertentie ga ik je kietelen. Minstens een uur.'

'O nee, alsjeblieft niet.' Sprotje moest lachen.

'Nou goed dan,' zei haar moeder. Ze kneep Sprotje in haar neus. 'Je krijgt nog één keer genade, maar dan moet je me zweren op oma's kippen dat je je vriendinnen nooit meer iets over mijn liefdesleven vertelt. Beloofd?'

Sprotje knikte. 'Beloofd. Maar...'

'Niets te maren.' Haar moeder stond op. 'Wil je nog zo'n sensationele pannenkoek?'

'Graag,' antwoordde Sprotje.

En haar moeder begon aan het volgende misbaksel.

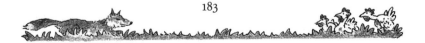

Na het eten ging Sprotjes moeder naar de volksuniversiteit om zich op te geven voor een cursus Engels. Sprotje maakte haar huiswerk, luisterde naar muziek, zette de televisie aan en weer uit, staarde naar buiten – en wist niet wat ze met haar middag moest beginnen. Een bijeenkomst van de Wilde Kippen stond niet op het programma. Waar zouden ze ook bij elkaar moeten komen, nu er in hun clubhuis een Pygmee bivakkeerde? Bovendien hadden de anderen helemaal geen tijd: Lisa had bijles Nederlands, want haar moeder had die vijf voor haar laatste opstel zorgwekkend gevonden. Melanie moest thuis helpen. Kim zei alleen nog maar 'Watte?' als ze aangesproken werd en speelde dromerig met het oorbelletje dat Paolo haar bij het afscheid gegeven had. En Roos had na het drama met Willems vader verkondigd dat ze voor de rest van de dag in bed ging liggen.

Maar Sprotje wilde heel graag naar de kippen. Nu oma Bergman ze niet meer hoefde waren ze tenslotte van haar. Aan de andere kant had ze geen zin de hele middag alleen met Willem door te brengen. Dus belde ze toch Roos nog maar een keertje.

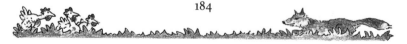

'Ja goed, ik ga wel mee,' antwoordde Roos een beetje knorrig. 'Dat in bed liggen kan ik toch wel vergeten. Titus heeft zich alweer onder zijn oppasbeurt uitgedraaid. Je snapt wel wat dat betekent hè? Ik moet Luca meenemen.'

'Geeft niet,' zei Sprotje. 'Als je maar meegaat.'

'Ik kom je zelfs ophalen,' zei Roos voor ze ophing.

Ze kwam met de fiets van haar moeder, want daar zat Luca's fietsstoeltje op.

'Ik praat niet met jou,' zei Luca toen Sprotje naar buiten kwam. Onderweg naar de caravan stak hij telkens zijn tong naar haar uit, en anders keek hij wel boos haar kant op.

Bij de caravan vroeg Sprotje geërgerd: 'Wat heeft hij nou? Is je kleine broertje nu al net zo gek als je grote?'

Ze zetten hun fietsen tegen het bord dat Lisa naast het hek had opgesteld. Ze had er vijf kippen op geschilderd en daar onder geschreven: *Privé. Toegang voor vossen en boskabouters ten strengste verboden.*

'Ach, Luca bedoelt het niet zo,' mompelde Roos terwijl ze haar broertje met moeite uit zijn fietsstoeltje tilde. 'Hij steekt tegenwoordig tegen iedereen zijn tong uit. Je mag blij zijn dat hij niet naar je spuugt. Nee, Luca is wel oké, maar Titus...' Ze zette Luca's fietshelm af. 'Hij wist best dat mijn moeder vandaag naar de tandarts moest en dat hij moest oppassen en toch gaat hij er gewoon vandoor!'

Luca trok aan haar jasje. 'Waar zijn de kippen, Rosie?' vroeg hij. 'Kunnen ze zwemmen? Ik kan wel zwemmen.'

Roos zuchtte. 'Nee, dat kan je niet, Luca. Kom, de kippen zijn daar achter.'

Met zachte hand duwde ze hem naar het hek. Achter de heg

stond een fiets. Zwart, met een spiegeltje aan het stuur.

'Ach, kijk nou toch eens,' hoonde Sprotje. 'Er zit een jongen in ons clubhuis, dus Mel is ook weer van de partij. Ik dacht dat ze moest helpen uitpakken?'

'Haar ouders zullen haar wel weggestuurd hebben. Bij zulke dingen heb je vast niets aan haar.' Roos duwde het hek open. 'Bovendien is Mel hier niet vanwege zomaar een jongen, maar vanwege Willem.'

'Wat bedoel je daar nou weer mee?' vroeg Sprotje.

Roos maakte het hek weer dicht. 'Daar bedoel ik mee dat ze al een hele tijd verkering hebben.'

Sprotje keek haar verbijsterd aan. 'Echt niet!'

Roos haalde alleen haar schouders op.

'Kijk eens, Rosie, ik ben een piraat!' kraaide Luca. Hij tilde een vermolmde tak op en begon er zo wild mee te zwaaien dat Sprotje hem tegen haar knie kreeg.

'Hé, kijk een beetje uit, ukkie!' riep ze boos.

'Ik ben geen ukkie!' zei Luca, die nu nog woester met de stok om zich heen mepte. 'Kloozak!'

'Nu ben ik het zat!' zei Sprotje en rukte de stok uit zijn handen. Luca zette het op een oorverdovend krijsen.

'Hé liefje, kijk eens!' Roos nam hem snel mee naar de ren. 'Daar zijn de kippen. Zie je wel?' Luca wreef de tranen uit zijn ogen en rende naar de kippen toe.

'Nou, dat kan nog een leuk middagje worden,' mopperde Sprotje. Ze keek fronsend naar de caravan.

'Wat doen ze nou?' hoorde ze Luca vragen.

'Ze zoeken naar wormen,' antwoordde Roos. 'Kippen vinden wormen heel erg lekker, wist je dat?'

Luca beet op zijn onderlip. Met gefronst voorhoofd staarde hij naar de kippen. 'Maar die wormen vinden dat helemaal niet leuk,' zei hij. 'Stomme kippen.'

Roos lachte en nam hem in haar armen. 'Kom, we geven ze de sla die we meegenomen hebben,' zei ze. 'Die vinden ze ook heel lekker. Oké?'

Sprotje hurkte naast hen en stak een vinger door het gaas. Daphne en Isolde kwamen nieuwsgierig dichterbij. Als oma Bergman haar zin had gekregen, lagen ze nu geplukt en wel in haar vrieskist, samen met hun dertien kakelende, scharrelende, kwetterende zusters. Maar O.B. had haar zin niet gekregen en de kippen scharrelden in het zonnetje en voelden zacht en warm aan.

Goed dat ik vossenalarm geslagen heb, dacht Sprotje. Daphne schudde met haar kam en voor het hok maakten Loretta en Pavlova luid kakelend ruzie om een worm. Wat een heerlijk gevoel was het ze gered te hebben! Sprotje ritselde een beetje met het zakje dat ze bij zich had. De kippen tilden nieuwsgierig hun kop op.

'O trouwens, mijn moeder heeft het ontdekt van Lisa's advertentie,' zei ze.

Roos keek haar bezorgd aan. 'O jee, wat zei ze?'

'Nou, ze was er niet blij mee. Het ergste vond ze nog dat Lisa ons telefoonnummer opgegeven had. Maar ik denk dat ze pas echt kwaad wordt als de eerste mannen bellen. Dan krijg ik vast nog wel een keer flink op mijn kop.'

'Ach, misschien zit er wel een aardige bij,' opperde Roos.

Sprotje snoof verachtelijk.

'Oké, die advertentie was een dom idee.' Roos drukte Luca

187

een slablaadje in zijn kleine spekhandje. 'Kijk, zo steek je het blaadje door het hek.'

'Dan eten ze m'n vingers op!' zei Luca terwijl hij bang een stap achteruit deed.

'Welnee, dat doen ze niet.' Sprotje hield de kippen een paar paardenbloemen voor. 'Zie je hoe ze aan komen rennen?'

Luca ging voor de zekerheid achter Sprotje staan toen de kippen op het gaas afstormden. Bezorgd keek hij toe hoe ze de blaadjes uit Sprotjes handen rukten.

'Wat een grote snavels!' zei hij vol bewondering. 'Waarom hebben ze van die lare ogen?'

'Lare ogen?' Sprotje en Roos grinnikten.

Op dat moment hoorden ze de deur van de caravan opengaan.

'Hé, zijn jullie hier al lang?' riep Melanie, die van het trappetje afsprong. 'We hebben jullie helemaal niet gehoord.'

'Dat zal wel, met al dat geschreeuw van Luca,' fluisterde Sprotje tegen Roos.

Zo te zien was Melanie niet meer chagrijnig over de verhuizing. Stralend liep ze op Roos en Sprotje af. Willem kwam aarzelend achter haar aan.

Luca klampte zich aan Sprotjes trui vast. 'Zijn dat piraten?' fluisterde hij.

Roos lachte. 'Welnee. Dat is toch gewoon Mel, liefje.' Maar Luca keek alsof hij de zaak helemaal niet vertrouwde.

'Moet je horen. Willem heeft vannacht een of ander beest verjaagd dat bij de kippen rondsloop!' vertelde Melanie toen ze naast hen stond.

'Wat voor beest?' Sprotje richtte zich geschrokken op.

'Het was iets kleins, iets duns,' zei Willem. 'Kleiner dan een vos in elk geval.' Hij trok een graspriet uit de grond en scheurde die in stukjes. 'Ik ben gisteravond nog bij mijn huis geweest, dat is hier vlakbij. Ik heb een boodschap voor mijn moeder in de bus gedaan, dan hoeft ze zich geen zorgen te maken. En toen ik terugkwam...' hij wees naar de schuur, '... maakten de kippen een krankzinnige herrie. Ik hoorde iets krabbelen. En toen ik erheen rende schoot er iets weg.'

'Shit!' mompelde Sprotje. Bezorgd telde ze de kippen in de ren. Ze waren er allemaal nog.

Luca, die nog steeds aan haar trui hing, keek intussen met grote ogen naar Willem. 'Ik ben sterker dan jij,' zei hij.

Willem zakte grijnzend door zijn knieën. 'Vast wel,' zei hij. 'Veel sterker. Dat zie ik zo.'

Sprotje liet de anderen staan en liep naar de schuur. Met een bang gevoel bekeek ze de houten wanden, maar er was geen gat te zien, vanbinnen niet en vanbuiten niet, geen spleet, geen opening waar een wezel doorheen kon.

'Heb je iets gevonden?' vroeg Melanie toen ze terugkwam. Sprotje schudde haar hoofd.

'Nog een geluk dat Willem hier slaapt,' vond Roos.

'Maar dat zal niet lang meer duren,' zei Melanie.

Sprotje en Roos keken haar verrast aan.

Melanie wierp een snelle blik op Willem. 'Hij weet dat hij hier niet eeuwig kan blijven, bovendien maakt hij zich zorgen om zijn moeder, en toen kreeg ik een idee,' zei ze. 'Ik...'

'Waar is Luca?' viel Roos haar bezorgd in de rede.

'Daar bij het gaas,' zei Willem. 'Hij geeft de kippen steentjes en vindt het raar dat ze er niet gulzig van eten.'

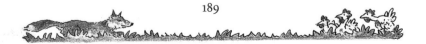

'Nou, wat kreeg je voor een idee?' vroeg Sprotje ongeduldig.

'Willem gaat morgenavond terug naar huis,' zei Melanie. Ze streek het haar uit haar gezicht. 'Maar niet alleen. We brengen hem met z'n allen thuis en Steve blijft twee, drie nachten bij hem.'

'Steve?' Sprotje keek Willem ongelovig aan.

'Steve is de enige die nog geen ruzie met mijn vader heeft,' verklaarde Willem.

'En bovendien...' Melanie legde een hand op Willems schouder, '...is Steve's vader weliswaar maar een klein beetje groter dan zijn zoon en nog veel dikker, hij zit wel bij de politie.'

'Bij de waterpolitie, ja,' zei Sprotje smalend.

'Nou en? Politie is politie,' antwoordde Melanie pinnig. 'Willems vader waagt het vast niet de zoon van een politie-agent aan te raken. En als Steve erbij is laat hij Willem ook wel met rust.' Ze keek de andere kippen gespannen aan. 'En, wat vinden jullie van mijn idee?'

Roos draaide de punt van haar schoen in de vochtige aarde en Sprotje keek naar Luca, die nog steeds aandachtig op zijn hurken bij de ren zat en aan één stuk door tegen de kippen kletste. 'Steve als lijfwacht van Willem,' mompelde ze. 'Wat een waanzinnig idee, Mel.'

'O ja? Weet jij soms iets beters?' snauwde Melanie.

'Nee, nee,' zei Sprotje vlug. 'Ik zei niet dat ik het een slecht idee vond.'

'Hebben jullie het al tegen Willems moeder gezegd?' vroeg Roos.

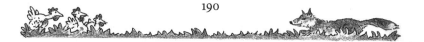

Melanie knikte. 'Steve kan in Willems kamer op de grond slapen. Hij moet alleen een slaapzak meenemen. Steve heeft een tijdje zitten zeuren dat hij in een slaapzak geen oog dichtdoet, maar hij doet het.'

'Aha.' Sprotje kneep haar ogen half dicht. 'Wacht even, wanneer hebben jullie dit allemaal besproken? Willems moeder weet het al, je hebt al met Steve gepraat...'

'De Pygmeeën waren hier,' zei Melanie zonder Sprotje aan te kijken. 'Een halfuur geleden. Ik had ze gevraagd om te komen en...'

'Wát had je?' Sprotje snakte naar adem. 'Je hebt in óns clubhuis met de Pygmeeën afgesproken? Vind je het niet genoeg dat er hier één zo'n Pygmee rondhangt?'

Melanies ogen begonnen verdacht te glanzen. Ze moest op haar lip bijten om niet in huilen uit te barsten.

Willem kwam dreigend op Sprotje af. 'Als je geen meisje was,' bromde hij, 'dan zou ik je nu een dreun geven.'

'Probeer het eens!' snauwde Sprotje terug. 'Als ik geen meisje was! Dat is wel de domste ouwelullenopmerking die ik ooit heb gehoord.'

'Niet doen!' riep Roos. Ze haalde Willem en Sprotje uit elkaar. 'Hou daarmee op. Niemand krijgt hier een dreun. Mijn broertje wordt er bang van!'

Luca keek met grote ogen hun kant op. Roos rende naar hem toe, tilde hem op en fluisterde iets in zijn oor.

'Dat sloeg echt nergens op, Sprotje,' zei Melanie schor. 'Waar hadden we anders met de Pygmeeën moeten praten? In hun platgegooide boomhut soms? Dit is geen spelletje hoor. Vergeet dat clubgedoe nou eens een keertje.'

'Jullie opperkip wil geloof ik heel graag dat ik in rook op-
ga,' zei Willem. 'Volgens mij pikt ze het liefst alle jongens de
ogen uit.'

'Ach welnee,' zei Melanie. Ze pakte zijn hand. 'Zo erg is ze
nou ook weer niet. Ze is alleen net zo'n driftkop als jij.'

Roos kwam met Luca op haar arm terug. 'Ik wil mijn broertje even de caravan laten zien,' zei ze. 'Gaan jullie mee? Misschien kunnen we Melanies plan met een pot thee erbij nog
een keer rustig bespreken.'

Sprotje perste haar lippen op elkaar en knikte.

'Ik wil wel even buiten op de trap gaan zitten,' zei Willem
sarcastisch.

Melanie porde hem met haar elleboog in zijn zij. 'Nu moet
jij ook ophouden,' zei ze.

Luca keek boos naar Willem en sloeg zijn korte armpjes
om de nek van zijn grote zus. 'Dat is een kloozak hè?' fluisterde hij.

Roos lachte zacht.

'Heel soms maar, Luca,' zei Melanie en trok Willem mee
naar de caravan.

De volgende dag gingen de Kippen en de Pygmeeën in de kleine pauze naar de lerarenkamer. Geen van de jongens wilde aankloppen, dus deed Roos het maar.

'Dag, wij willen mevrouw Rooze graag even spreken,' zei ze toen een leraar bars zijn hoofd naar buiten stak.

Mevrouw Rooze kwam meteen. Met een kop koffie in haar hand stond ze bij hen op de gang. 'Wat is er?' vroeg ze. 'Geen slecht nieuws, hoop ik?'

'Nee hoor,' zei Melanie vlug. 'We wilden u alleen iets vragen.'

'En wat dan wel?' Mevrouw Rooze nam een slok koffie en trok een vies gezicht. 'Jasses, nu ben ik vergeten er melk in te doen.'

'Zal ik melk voor u halen?' vroeg Roos hulpvaardig.

Maar mevrouw Rooze schudde haar hoofd. 'Wat wilden jullie me vragen?'

'Willem wil terug naar huis,' begon Melanie. 'Vanavond.'

'Maar niet alleen,' vulde Lisa aan. 'Steve gaat met hem mee.'

'Aha.' Mevrouw Rooze trok haar wenkbrauwen op. 'Als op-

passer zogezegd. En wie heeft dat bedacht?'

Melanie werd rood. 'Ik,' zei ze. 'En we wilden u vragen of u vanmiddag Willems vader wilt bellen om nog eens met hem te praten. Zodat hij Steve ook echt binnenlaat en... en van Willem afblijft.'

Mevrouw Rooze knikte. 'Jullie hebben met Willems moeder overlegd?'

'Ja,' zei Fred. 'Willems vader is het probleem.'

'Ik weet het.' Mevrouw Rooze zuchtte. 'Goed, ik zal met hem praten. Maar niet aan de telefoon. Ik zal hem vanmiddag met een bezoekje vereren. Ik bel Melanie zodra ik terug ben, oké?'

'Bel maar naar Sprotjes huis,' zei Melanie. 'Wij zijn net verhuisd.'

'O ja.' Mevrouw Rooze knikte. Ze keek nadenkend de gang in.

'Misschien moet u ook een oppasser meenemen als u naar Willems vader gaat,' opperde Mat.

Mevrouw Rooze glimlachte. 'Dank je wel voor je bezorgdheid, Matthias. Maar ik denk dat ik Willems vader wel aankan. Al wordt het vast geen gezellig gesprek.'

'Nee, vast niet,' zei Sprotje.

Op dat moment ging de bel.

'Hè? Is de pauze nu al afgelopen?' Mevrouw Rooze zuchtte. 'En ik heb nog niet eens koffie gedronken.' Ze deed de deur van de lerarenkamer open.

'Dank u wel,' zei Roos.

'Goed hoor,' zei mevrouw Rooze. 'We zien elkaar het vijfde uur.' Toen verdween ze in de lerarenkamer.

Even na vieren ging bij Sprotje de telefoon.

'Zeg maar tegen Willem dat hij naar huis kan, Charlotte,' zei mevrouw Rooze. 'Ik heb zijn vader gesproken. Hij weet dat ik hem vanwege die kwestie op het schoolplein aangeef zodra Willem ook maar één verdachte blauwe plek heeft.'

'Oké,' zei Sprotje. 'We brengen hem met z'n allen naar huis.'

'Mijn hemel!' Mevrouw Rooze lachte. 'De Wilde Kippen escorteren een Pygmee! Dat ik dat nog mag meemaken. Bel me even als jullie hem afgeleverd hebben, ja? Ik ben de hele avond thuis.'

'Doen we,' beloofde Sprotje. 'Tot ziens, mevrouw Rooze.'

Toen ging ze de anderen het nieuws vertellen.

De Kippen en de Pygmeeën hadden om zes uur in de caravan afgesproken. Het was koud en donker toen ze één voor één de smalle straat in fietsten en hun fiets tegen Lisa's kippenbord zetten. Op de plassen lag een dun laagje ijs en ze waren blij dat ze in de caravan weer even warm konden worden. Mela-

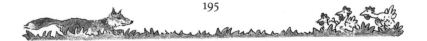

nie was er al toen de anderen aankwamen. Ze zat met een bedrukt gezicht naast Willem aan tafel. Willem staarde uit het raam naar het donker buiten.

'Wat een pokkenweer zeg,' mopperde Fred toen hij met Mat de caravan in kwam. 'Heeft Mel al verteld wat Rooze zei?'

Willem knikte. Fred keek hem bezorgd aan. 'Wil je liever nog een paar dagen hier blijven?'

Willem schudde zijn hoofd. 'Ik ga liever vrijwillig terug, voor ze me komen halen,' bromde hij. 'Bovendien is de caravan van de Kippen.'

'Je mag best blijven hoor,' zei Kim zacht, maar Willem schudde alweer zijn hoofd.

'Nee joh. Trouwens, ik heb het mijn moeder beloofd.'

Steve zette nerveus zijn bril recht. 'De kaarten zeggen dat het een gunstige avond is voor riskante ondernemingen,' verklaarde hij.

'Riskante ondernemingen.' Willem grijnsde. 'Dat is precies goed gezegd. Oké, waar wachten we nog op?' Hij stond abrupt op.

'Ik heb nog iets voor je,' zei Melanie toen Willem zijn jas aantrok. Ze stopte een klein spuitbusje in zijn zak. 'Mijn pepperspray. Ik koop wel een nieuwe. Niet tegen de wind in spuiten, anders krijg je het allemaal in je gezicht.'

'Een meidenspray,' grinnikte Mat. 'Bij jullie thuis waait het geloof ik niet al te hard hè, Willem?'

Roos keek hem zo geïrriteerd aan dat het lachen hem snel verging.

'We hebben nog iets,' zei Sprotje. 'Daar heeft mijn moeder voor gezorgd.' Ze haalde twee mobilofoons uit haar rugzak en

gaf er een aan Willem. 'Ze hebben best een groot bereik. Van hier tot aan jouw huis moet wel lukken.'

'En wie krijgt de andere?' vroeg Steve.

'Die blijft hier,' antwoordde Lisa. 'Wij slapen namelijk in de caravan. Als nachtwacht. Jullie hoeven alleen maar in de mobilofoon te fluiten en we springen op de fiets.'

'Tjonge, Willem,' zei Mat spottend, 'de dames passen wel goed op je zeg. Sinds wanneer heb jij een hele harem?'

'Hou je mond, Mat,' zei Fred. 'Waarom hebben wij dat nou weer niet bedacht?'

'Ach joh, jullie leveren de lijfwacht,' zei Melanie met een bemoedigend klopje op Steve's rug.

Steve zette verlegen zijn bril af en begon hem omstandig schoon te poetsen.

'We hebben nog een beetje proviand voor jullie,' zei Fred. Hij stopte een propvolle plastic tas in Steve's rugzak. 'Chips, chocoladerepen, cola. Pas op dat Steve niet alles alleen opeet, Willem.'

Sprotje deed de deur van de caravan open en één voor één stapten ze de kou in.

De kippen had Sprotje al opgesloten. Zwijgend liepen de Pygmeeën achter de Kippen aan over het donkere grasveld naar de straat. Af en toe keken ze over hun schouder naar de caravan. Kim had het licht laten branden, zodat ze straks de weg gemakkelijker terug konden vinden. De caravan zag er uitnodigend uit, met die verlichte ramen en de gloeilampen aan de dakrand. Het liefst waren ze allemaal teruggegaan om in de warmte lekker bij elkaar te zitten, Melanies cd's te draaien en alle ellende gewoon te vergeten.

'Daar gaan we dan,' zei Fred toen Sprotje het hek achter hen dichtdeed. En de Kippen en Pygmeeën stapten bibberend op hun fiets om Willem naar huis te brengen.

Binnen tien minuten waren ze er.

'Als mijn kaarten zich vergissen,' zei Steve terwijl ze de fietsen op slot zetten, 'en dit toch niet zo'n gunstige avond is, dan knip ik ze eigenhandig in stukken. Erewoord.' Met een diepe zucht gooide hij de slaapzak over zijn schouder. Hij zette zijn bril nog een keer recht en liep met Willem naar de deur.

Melanie belde aan en gaf Willem een kus, vluchtig en snel, voor ze verlegen achter hem ging staan.

Willems ouders woonden op de derde verdieping. Hoe de Kippen en Pygmeeën ook hun best deden om zachtjes te doen, het maakte een hoop herrie toen ze met z'n allen de trap op klosten. Op de bovenste verdieping loerde iemand nieuwsgierig over de balustrade.

Hoewel hij de anderen achter zich kon horen, zag Willem bij de laatste treden zo wit als een vaatdoek. Zijn moeder viel hem al om de hals toen hij nog op de trap stond. Ze omhelsde hem en drukte hem tegen zich aan alsof ze gedacht had hem nooit meer terug te zullen zien. Willems vader stond met een hand tegen de deurpost geleund.

'Die kunnen hier niet allemaal blijven slapen,' zei hij.

'Nee, nee, alleen ik blijf hier,' zei Steve, die zenuwachtig aan de ritssluiting van zijn slaapzak frunnikte.

Willems vader knikte afgemeten. Toen keek hij Willem aan. 'Wat was dat nou voor een dramatisch gedoe?' snauwde hij. 'Denk je soms dat ik nog nooit een ruit ingeslagen heb?'

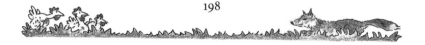

Willem zei niets. Hij keek zijn vader alleen maar aan, met zijn handen in zijn jaszakken, waar hij de mobilofoon en Melanies spuitbusje kon voelen. Steve kwam vlak naast hem staan, en ook dat deed hem goed.

'Die lerares wilde de schade vergoeden,' zei zijn vader. 'Alsof we dat aan zouden nemen. Je grootvader betaalt die ruit en jij staat bij hem in het krijt. Al doe je er honderd jaar over, je betaalt hem terug. Begrepen?'

Willem knikte. 'Begrepen,' mompelde hij.

Zijn vader stapte opzij. 'Goed, kom dan maar binnen,' zei hij. 'Hebben jullie al gegeten? Die dikke heeft vast altijd honger.'

'We hebben al gegeten.' Willem draaide zich naar de anderen om. 'Tot morgen,' zei hij.

'Tot morgen,' antwoordde Melanie. 'En ga vannacht niet te lang liggen ouwehoeren.'

'Daar zorgen wij wel voor,' zei Willems vader nors. 'En nu naar huis, anders plukt iemand jullie nog van de straat.'

Steve wierp Fred en Mat een laatste blik toe en rolde met zijn ogen.

Willems vader duwde hem en Willem zonder nog iets te zeggen naar binnen en deed de deur dicht.

De Kippen en Pygmeeën stonden in het trappenhuis en verroerden zich niet. Het licht op de gang ging uit.

'Verdomme, waar zit die lichtknop?' vloekte Fred, tastend langs de muur. Gelukkig vond Kim het knopje.

'Kom,' zei Sprotje, 'laten we gaan voor we hem weer op de kast jagen.'

Ze liepen de trap af. Af en toe bleef een van hen staan om

te luisteren. Er huilde een baby en ergens stond een televisie zo hard dat ze in het trappenhuis elk woord konden verstaan. Toen ze in de donkere straat de deur achter zich dichtgetrokken hadden, bleven ze nog een tijdje besluiteloos staan.

'Nou, dan gaan we maar weer naar de caravan,' zei Sprotje uiteindelijk.

De jongens knikten. Ze stonden er een beetje verloren bij.

Kim keek hen vol medelijden aan. 'We kunnen toch ook samen...' zei ze. 'Ik bedoel...'

'Nee!' viel Sprotje haar in de rede. 'Het spijt me, maar ik wil nu eindelijk wel eens zonder Pygmeeën in ons clubhuis zitten.'

'Ik eerlijk gezegd ook,' mompelde Roos zonder de jongens aan te kijken. Melanie zei niets. Ze stond naar de ramen op de derde verdieping te kijken.

'Geen probleem,' zei Fred. 'Ik moet toch naar huis. Sinds dat gedoe op de sloperij heb ik al ruzie als ik een kwartier te laat thuiskom.' Hij draaide zich naar Sprotje om. 'Dat was een goed idee, van die mobilofoon,' zei hij. 'Ga er maar bovenop liggen, anders hoor je hem misschien niet.'

'Die horen we heus wel,' zei Melanie terwijl ze met haar fiets naar de straat liep. 'Ik doe vannacht toch geen oog dicht.'

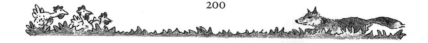

Toen de Wilde Kippen hun fietsen weer door het hek reden stond de caravan er als betoverd bij. Het raam straalde hen in het donker tegemoet en de gloeilampen aan het dak leken wel een lint van sterren. Het bevroren gras knisperde onder hun voeten. De nacht was stil, alleen het geluid van auto's drong tot hen door, dof en van heel, heel ver weg.

In de schuur zaten de kippen met opgezette veren op stok. Sprotje keek voorzichtig naar binnen en ze begonnen zachtjes te klokken, alsof ze praatten in hun slaap.

Die nacht sloop er niemand om de stal of de caravan – behalve Lisa, die met haar waterpistool in de aanslag op zoek was naar inbrekers of erger. Ze liet haar zaklamp zelfs onder de caravan schijnen, maar Roos merkte op dat ze daar hooguit stijf bevroren dieven zou vinden.

Hun clubhuis ontving hen met warmte en licht. Jassen, sjaals, mutsen, alles gooiden ze op een grote hoop; Roos bakte tien vers gelegde eieren en Kim kookte de alcohol uit twee flessen wijn die haar vader in de kast had laten staan. Melanie vond het een suf idee, maar de anderen stemden haar weg.

'Wil je van je fiets vallen als Willem vannacht van zich laat horen?' vroeg Roos, en Sprotje gaf haar de mobilofoon en zei dat ze daarmee op het bed moest gaan zitten zolang de anderen met het eten bezig waren. Als een hoopje ellende zat Melanie op het grote schuimrubberen matras naar de mobilofoon te staren en op haar haar te kauwen.

De eieren smaakten heerlijk.

'In de lente leggen we een groentetuintje aan,' zei Sprotje toen ze bij kaarslicht aan tafel zaten. 'Bonen groeien overal, en uien ook.'

'Ik lust geen bonen,' mompelde Melanie.

'Tja, chips kun je niet planten, Mel,' verklaarde Lisa.

Kim moest lachen, wat haar op een boze blik van Melanie kwam te staan. Toen de mobilofoon kraakte liet Melanie van schrik haar vork vallen.

Roos sloeg een arm om haar heen. 'Ach joh, er gebeurt heus niets,' zei ze. 'Steve is er toch bij.'

'Precies,' zei Sprotje met volle mond. 'Bovendien heb je gehoord wat Steve's toverkaarten ervan zeggen.'

Melanie prikte afwezig in haar ei. 'Steve kan niet eeuwig bij Willem op de grond blijven slapen,' zei ze.

'Nee, maar Willems vader kan ook niet eeuwig boos blijven,' antwoordde Sprotje.

De anderen zeiden niets. Ze wisten niet of dat wel waar was.

Na het eten maakten ze het zich met z'n allen gemakkelijk op het grote matras. Kim haalde een paar dekens uit de kast en Roos kwam met een dienblad met de afgekoelde wijn en een doosje bonbons, die ze als bedankje van haar moeder had

gekregen omdat ze Titus' oppasbeurt weer eens overgenomen had.

'Wat hebben jullie tegen je ouders gezegd?' vroeg Kim terwijl ze de inhoud van de bonbondoos bestudeerde. 'Ik heb gezegd dat ik bij Sprotje logeer.'

'Ik ben bij jou,' zei Melanie, die gulzig in een nougatbonbon beet. 'Omdat je zo verdrietig bent dat je lieve neefje weer weg is. Ik heb sowieso tegen mijn ouders gezegd dat ik vanaf nu vaker bij een vriendin logeer. Ik doe thuis geen oog meer dicht! Mijn zus ligt in haar slaap te knarsetanden. Niet om aan te horen!'

'Ik ben ook bij Sprotje,' zei Lisa.

'Ik ook,' zei Roos. Ze nam een slok wijn en liet zich geeuwend in de kussens zakken.

'O nee!' Sprotje zuchtte. 'Dat kan nooit goed gaan. Van drie moeders belt er altijd wel eentje op. Mijn moeder komt pas laat thuis, maar wat als die van jullie het antwoordapparaat vol kletsen en vragen hoe het met hun schatjes gaat?'

'Staat jullie antwoordapparaat door Lisa's advertentie niet toch al de hele tijd vol?' vroeg Kim. Ze zat alweer met haar oorbelletje te spelen.

'Dat valt wel mee, gelukkig,' zei Sprotje. 'Tot nu toe hebben er maar twee ingesproken.'

'Vertel.' Lisa keek haar met grote ogen aan.

'Het ging ongeveer zo.' Sprotje schraapte haar keel en hakkelde met verdraaide stem: 'Ja, eh... hallo? Ja, ik... eh... ik bel vanwege die, eh... advertentie... en eh... ik...'

De anderen lagen te kronkelen van het lachen.

'Misschien moeten we Steve aan de kaarten laten vragen

hoe Sprotjes moeder aan een man komt,' giechelde Roos.

'Steve vraagt vijf euro om de kaarten te lezen,' zei Kim. Ze nam een bonbon – en werd rood toen ze zag dat de anderen haar aankeken.

'Heb jij Steve de kaarten laten lezen?' vroeg Lisa ongelovig.

Kim haalde haar schouders op en zette verlegen haar nieuwe bril recht.

Melanie proestte het uit. 'Wat wilde je weten? Of je ooit met Paolo trouwt en heel veel kindertjes met hem krijgt?'

'Doe niet zo stom.' Kim keerde haar boos haar rug toe.

'Heb je eigenlijk nog iets van je neef gehoord?' fluisterde Lisa in haar oor.

Kim zette haar bril af en wreef in haar ogen. 'Als jullie het per se willen weten,' zei ze, 'Paolo heeft me een pakje gestuurd.'

'Nee! Nu al?' Lisa hield vol bewondering haar adem in. 'Hij is nog maar net weg. Wat zat erin?'

Met een schuchter lachje zette Kim haar bril weer op. 'De chocola die ik zo lekker vind en een brief.'

'Een brief? Wat schrijft hij?' Lisa pakte Kim bij haar arm.

'Gaat je niets aan!' Kim trok zich los en ging op haar zij liggen. 'Paolo wilde Steve trouwens ook de kaarten laten lezen, maar vijf euro vond hij te duur.'

'Zou Mat ook vijf euro betaald hebben?' vroeg Lisa zich hardop af. 'Om Steve te laten zeggen dat Roos zijn grote liefde en zijn levenslot is?' Ze rolde bijna van het bed van het lachen.

'En jij dan?' riep Roos, die haar zo fanatiek kietelde dat Lisa

naar adem snakte. 'Jou zou hij vast voorspellen dat je nog een keer net zo wordt als oma Bergman, en dat je later met alarmpistolen om je heen gaat staan schieten.'

'Hou op!' hijgde Lisa. 'Hou op, ik zeg niets meer, erewoord.'

Roos liet haar los. 'Lekkere spion ben jij,' zei ze. 'Ze hoeven je maar even te kietelen en je verklapt onze geheimste clubgeheimen.'

'Gelukkig hebben we er niet zo veel,' stelde Melanie vast.

Kim begon te lachen. 'Eigenlijk hebben we er niet één, of wel soms?'

Op dat moment kraakte de mobilofoon weer. Melanie kwam geschrokken overeind. Ze hoorden de stem van Steve. 'Kippen, hé Kippen, meld je alsjeblieft. Of zijn jullie eieren aan het leggen?'

'Waar is dat ding?' riep Melanie. Ze tastte paniekerig om zich heen.

'Iedereen opstaan!' riep Sprotje.

Vijf Kippen sprongen van het bed, keken onder de bonbondoos, het dienblad, zochten onder de kussens, trokken de dekens van het matras...

'Hé!' riep Steve. 'Kukelekuuu, gak, gakgak! Slapen jullie?'

Lisa kroop over de grond. 'Misschien is hij van het bed gevallen toen Roos me kietelde.'

'Daar! Daar is hij!' schreeuwde Melanie. Ze duwde Lisa opzij. 'Je zit erop!' Gehaast zette ze de mobilofoon op ontvangen. 'Hallo!' fluisterde ze opgewonden. 'Hallo Steve? Waar is Willem? Is alles in orde?'

'Ja, alles in orde!' Steve was duidelijk te verstaan, ondanks

het knisperen dat uit de mobilofoon kwam. 'Mijn rug voelt alleen alsof er een nijlpaard op heeft staan stampen. Ik haat slaapzakken. Ik haat ze!'

'Geef Willem even, oké?' zei Melanie.

De mobilofoon kraakte en ruiste, toen hoorden ze Willems stem.

'Zijn jullie allemaal nog wakker?' vroeg hij.

'Tuurlijk,' antwoordde Melanie. 'Wat Kippen beloven, dat doen ze ook.'

'In tegenstelling tot boskabouters,' fluisterde Sprotje.

'Hoe is het gegaan?' vroeg Melanie bezorgd. 'Heeft je vader nog iets gezegd?'

'Hij heeft een ellenlange preek gehouden,' zei Willem. 'Dat hij alleen maar boos was omdat ik ervandoor ben gegaan. Dat hij dat met die graafmachine hartstikke goed vond, omdat je niet over je heen moet laten lopen. Hij heeft me een hoop on-zin staan kletsen, dat wil je niet weten. Maar toen mijn moe-der ook iets wilde zeggen, kwam hij er meteen weer tussen. Steve en ik vielen bijna om, zo lang moesten we in de gang naar hem staan luisteren. Daarna mochten we nog een uurtje op de bank zitten en een of ander dom programma op televi-sie kijken, tot hem plotseling te binnen schoot dat we morgen school hebben, toen heeft hij nog een tijdje op Rooze zitten schelden, wat voor een gestoord mens dat wel niet is, dat ze hem bedreigd heeft en dat ze een gevaar voor haar leerlingen is, en toen stuurde hij ons eindelijk naar bed.'

'Naar bed? Was het maar waar. Naar de grond zul je bedoe-len,' zei Steve. 'Toen we om tien uur nog lagen te fluisteren, heeft hij even staan schreeuwen, maar sindsdien is het rustig.'

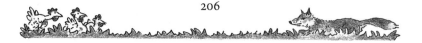

'We blijven toch nog maar even wakker, oké?' zei Melanie.

'Hoeft niet hoor,' zei Willem. 'Als mijn vader eenmaal slaapt, dan slaapt hij.'

'We kunnen hem hier horen snurken!' riep Steve.

'Goed dan.' Melanie speelde met een pluk haar. 'Nou... welterusten dan maar.'

'Zodra ik zestien ben ga ik in elk geval het huis uit,' zei Willem. 'Slaap lekker, Mel.'

Melanie legde de mobilofoon naast zich neer en keek de anderen aan. 'Zo te horen heeft mijn plan gewerkt,' zei ze.

Sprotje knikte.

'Het was ook een goed plan,' zei Roos. 'Echt heel goed.'

Melanie glimlachte.

'Hoorden jullie dat? Híj mag Mel tegen haar zeggen,' zei Sprotje terwijl ze haar kussen opschudde.

Melanie stak haar tong naar haar uit. 'Waar is je beugel eigenlijk?' vroeg ze. 'Je hebt hem nooit in.'

Sprotje draaide zich op haar zij. 'Ik vergeet hem altijd,' zei ze.

'Ja, dat ken ik,' zei Lisa, die zich behaaglijk uitrekte. 'Ik heb er ook een gehad. Die had zo'n afschuwelijke vleeskleur. Die vleeskleuren van ze lijken nergens op. Die van mij was eerder biggetjesroze.'

Roos wreef grijnzend in haar ogen. Kim zette met een geeuw haar bril af en legde hem onder haar kussen. Doodmoe kropen ze tegen elkaar aan, trokken de dekens tot aan hun neus op en luisterden naar de nachtelijke stilte.

'Waag het niet om weer zo te snurken,' zei Melanie en gaf Kim een por in haar rug.

'En waag jij het niet om weer te praten in je slaap,' mompelde Sprotje achter haar.

'Kunnen we het licht aan laten?' vroeg Lisa.

'Best,' mompelde Roos. 'Heeft iemand de wekker gezet?'

Sprotje tilde haar hoofd op om te kijken. 'Ja,' zei ze gapend. 'O jee, één uur alweer. Wat zullen wij morgen fris zijn.'

'Shit!' Roos kwam overeind. 'We zijn vergeten Rooze te bellen.'

'Niets meer aan te doen,' zei Melanie. 'Ga maar weer liggen.'

Met een zucht ging Roos weer tussen de anderen in liggen.

'Er was iets buiten!' fluisterde Lisa.

'Welnee,' mompelde Melanie. 'Trouwens... je hebt je waterpistool toch?'

Toen vielen ze in slaap. De ene Kip na de andere. Lisa als laatste.

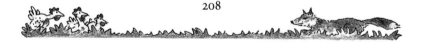

Steve lag drie nachten bij Willem op de grond, hoewel hij al na de eerste nacht beweerde dat hij voor de rest van zijn leven invalide zou zijn. Melanie legde de mobilofoon naast haar kussen als ze naar bed ging en raakte eraan gewend om elke avond voor het slapengaan nog even met Willem te fluisteren. Steve begeleidde de gesprekken tussen die twee met diepe, hartstochtelijke zuchten. De avond waarop hij dolgelukkig weer in zijn eigen bed kroop was iedereen zenuwachtig. Maar er gebeurde niets en Willem vertelde Melanie over de mobilofoon dat hij Steve's gesnurk geen nacht langer meer had uitgehouden.

Willems vader schreef de directeur van de school een klachtenbrief over mevrouw Rooze, maar die verstuurde hij niet. Willem vond de snippers in de prullenbak. Op de zesde dag na zijn thuiskomst kreeg hij de eerste klap, omdat hij te laat thuis was voor het eten. Daarna ging hij naar zijn kamer en hing een groot vel papier in zijn kast, met een vakje voor elke maand tot aan zijn zestiende verjaardag. Het waren er een heleboel.

Twee dagen later vonden Fred en Mat een ideale boom voor de nieuwe boomhut van de Pygmeeën. Uitgerekend in het bos waaraan het landje van Kims vader lag.

'Als we daar boven in die vertakking nog een uitkijkpost bouwen,' zei Fred toen de andere Pygmeeën de boom kwamen bezichtigen, 'kunnen we bijna op de caravan van de Kippen tuffen.' De anderen grijnsden.

'Maar deze keer blijft ons clubhuis geheim,' zei Mat met een blik op Willem. 'Ik wil niet dat er weer iemand meisjes meeneemt.'

'Moet je niet naar mij kijken,' viel Willem uit. 'Ik heb Melanie niet als eerste in de boomhut uitgenodigd. Dat was jij, als ik het me goed herinner.'

'Klopt,' zei Steve, die rondjes om de boom liep. 'Mat heeft haar als eerste meegenomen. Maar die irriteert de vrouwen zo dat ze meteen weer bij hem weglopen.'

'O ja?' Mat wilde hem grijpen, maar Steve verschool zich lachend achter de dichtstbijzijnde boom. 'Voor jou lopen ze al weg als ze je zien!' riep Mat hem kwaad na.

'Kappen!' schreeuwde Fred. 'Morgen nemen we hout mee. We hebben echt weer een clubhuis nodig.'

Maar de vorige boomhut hadden de Pygmeeën niet in de winter gebouwd. Op sommige dagen was het zo koud dat de hamers bijna uit hun stijf bevroren vingers vielen. Bovendien werd het met de dag vroeger donker en vaak schemerde het al als ze eindelijk klaar waren met hun huiswerk.

Willem kon hele middagen niet meehelpen, omdat hij met mevrouw Rooze moest inhalen wat hij gemist had en een krantenwijk liep om de ruit van de graafmachine af te

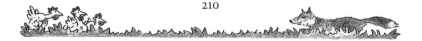

kunnen betalen. Zo bleef er niet veel tijd over om boomhutten te bouwen. Dat hij ook nog regelmatig met Melanie afsprak, vertelde hij de Pygmeeën natuurlijk niet. Maar de Kippen wisten het wel, want toen Melanie op een dag weer eens zogenaamd naar de huidarts moest was Lisa achter haar aan gegaan. Ze had het verdacht gevonden dat Melanie steeds minder pukkels had en toch steeds vaker naar de dokter moest.

Op school lieten Melanie en Willem zich zelden samen zien. Soms lag er 's ochtends een opgevouwen briefje onder Melanies tafel, dat ze dan onopvallend in haar zak liet glijden; soms waren zij en Willem in de pauze nergens te bekennen, maar verder hielden ze angstvallig geheim wat iedereen eigenlijk al wist.

Mat aanbad Roos intussen weer in alle openheid. In plaats van scheldkanonnades kreeg ze opeens weer liefdesbrieven, vele kantjes lang, vol met overgeschreven gedichten en zelfgemaakte songteksten in een nogal woest Engels. Roos liet Mat via de andere Kippen weten dat hij beter een andere penvriendin kon zoeken. Ze stelde zelfs een paar kandidaten voor, maar niets hielp. Mat bleef haar schrijven.

'Dat komt allemaal door Steve met zijn stomme kaarten,' mopperde Roos wanneer er weer eens een brief in haar schooltas zat, maar Steve wees alle verantwoordelijkheid van de hand. Hij kreeg inmiddels bijna elke pauze bezoek van leerlingen die hem de kaarten wilden laten lezen. Zelfs uit de hoogste klassen kwamen ze hem om raad vragen. Meestal waren het meisjes, maar een enkele keer slenterde er over het schoolplein ook een lange bonenstaak van een jongen op

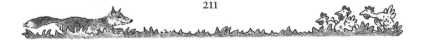

hem af, die hem dan onopvallend zijn vraag in het oor fluisterde.

Om de zaken op gang te brengen had Steve de prijs een heel eind laten zakken. Informatie over zittenblijven, overgaan en andere schoolperikelen kostte (zonder garantie uiteraard) één euro, voorspellingen omtrent liefdesgeluk één euro vijftig en inlichtingen over toekomstige beroepen, rijkdom, beroemdheid enzovoort twee euro. Dat laatste was het duurst, legde Steve uit, omdat het nog in de verre toekomst lag en daarom moeilijker te voorspellen was. Meestal verdween hij met zijn klant in de schoolbibliotheek, waar tussen de boekenkasten een paar intieme hoekjes te vinden waren. Toen dit bekend raakte, kwamen er in de pauze steeds meer leerlingen naar de bibliotheek om Steve van achter de kasten bij zijn waarzeggerij af te luisteren.

De plaats van de boomhut van de Pygmeeën bleef inderdaad opvallend lang geheim. Dat kwam misschien doordat de Kippen het veel te druk hadden met hun eigen clubhuis. Sprotje had door oma Bergmans huis- en tuinverbod opeens eindeloos veel vrije middagen, die ze bijna altijd bij de caravan doorbracht. Ook de anderen kwamen bijna elke dag. Kim maakte er zelfs meestal haar huiswerk, samen met Sprotje, en Lisa kwam zodra ze het hare af had. Roos ontbrak alleen op dinsdagmiddag, als ze naar haar vrijwilligersbaantje moest, en soms nam ze Luca mee, maar van hem hadden ze verder geen last. Urenlang zocht hij in de stal naar eieren, of hij probeerde de kippen door het gaas heen steentjes te voeren, die ze nog steeds niet wilden eten. Wat Melanie betreft – die moest

af en toe naar de huidarts, maar verder was ook zij heel vaak in de caravan te vinden.

De caravan kwam er met de dag meer uit te zien als het clubhuis van de Wilde Kippen. Melanie had de naam van de club met goudkleurige verf op de deur geschilderd en Roos nam haar kippenverzameling mee, die tot nu toe op de bovenste plank van haar kast had gestaan, veilig voor Luca's grijpgrage vingertjes. De verzameling bestond uit drieëntwintig kippen: kippen van gips, kippen van stro, kippen van glas en porselein. Er waren zelfs kippen van marsepein, chocola en koekdeeg. Ze stonden heel mooi op de plank die Kims vader speciaal voor zijn bierglazenverzameling had opgehangen. De bierglazen zelf verdwenen in de verste hoek van de keukenkast. Lisa reeg slingers van enorme hoeveelheden kippenveertjes, die zij en Kim met eindeloos geduld in de stal en in de ren bij elkaar hadden gezocht, en hing die voor de ramen. Sprotje en Roos vonden het prachtig. Melanie trok er een vies gezicht bij, maar de veertjes bleven hangen waar ze hingen.

Ten slotte kwam Sprotje op het idee om van alle kippen een grote foto aan de muur te hangen. Roos 'leende' de camera van Titus en Sprotje fotografeerde de kippen terwijl Kim ze vasthield. Kim werd twee keer van top tot teen onder gepoept, maar de foto's waren prachtig. Roos schreef met een goudkleurige viltstift de namen van de kippen op de foto's, waarna ze ze op een rij aan de muur van de caravan hingen. Daardoor bleef er niet veel plaats over voor Melanies posters. Haar favoriete band paste nog op de deur van de koelkast en haar lievelingsacteur kwam uiteindelijk buiten in de plee te

hangen, waar hij al op de tweede dag een zuigzoen opliep en op de derde dag een zwarte snor kreeg aangemeten. Melanie maakte er geen drama van. Ze zou de posters binnen de kortste keren toch weer vervangen, want haar liefde voor sterren sleet net zo snel als haar nagellak.

'Het is echt mooi geworden,' zei Roos op een ijskoude vrijdagmiddag. Ze lagen zij aan zij op het grote matras, slurpten warme melk met honing en verheugden zich op het weekend.

'Dit is het allergaafste clubhuis!' zei Sprotje terwijl ze haar benen over elkaar sloeg. 'De Pygmeeën zien stiekem vast groen van jaloezie.'

'Nu we hier klaar zijn,' zei Lisa, 'zal ik ze weer eens gaan bespioneren. Volgende week weet ik waar ze hun nieuwe boomhut bouwen. Kippenerewoord.'

'Nu moeten we alleen nog een goede verstopplek voor de Kippenschatkist verzinnen,' stelde Roos vast. 'We kunnen hem niet voor altijd buiten in de stal laten staan, want dan is hij op een dag helemaal onder gekakt.'

'Welnee, ik heb hem natuurlijk wel in een plastic tas gestopt voor ik hem onder het stro verstopte,' zei Sprotje – en ze brandde haar tong aan haar warme melk.

'Ik vind het ook niet fijn dat de schat buiten staat,' zei Lisa. 'Hoe komen we ooit bij de pepperspray als er weer eens iemand rond de caravan sluipt?

Vanwege Lisa's eeuwige angst voor 'rondsluipers' zat er inmiddels een spuitbus met pepperspray in de schatkist, maar buiten in de stal hadden ze daar natuurlijk niets aan.

'Je denkt helemaal niet aan die arme kippen, Lisa,' giechel-

de Roos. 'Die willen zich toch ook kunnen verdedigen.'

'Haha!' Lisa wreef geërgerd een druppel melk van haar knie. 'Voor het clubboek hebben we ook nog geen goede plek. Of moet dat voor altijd onder het matras blijven liggen?'

'Ik vind dat we het geheime clubboek moeten afschaffen,' verklaarde Melanie. 'Stemmen! Wie is voor?' Ze stak een hand in de lucht.

'Precies, het geheime clubboek is toch allesbehalve geheim!' riep Roos, die meteen twee handen in de lucht stak en met Melanie om het hardst begon te giechelen.

'Jullie nemen het helemaal niet serieus!' riep Lisa verontwaardigd. 'In het boek staan alle codenamen en geheime spreuken!'

'Ik heb eerlijk gezegd ook wel een beetje genoeg van al dat geheime gedoe,' mompelde Kim. 'Het is toch veel leuker om het samen gezellig te hebben, samen dingen te doen en zo. Bovendien vergeet ik die codewoorden en alles toch de hele tijd. Ik vraag me af hoe jullie dat allemaal onthouden.'

'Helemaal niet!' antwoordde Melanie. Ze proestte van het lachen in haar melk, en even later zat haar gezicht onder de witte spikkels. Roos hield haar grinnikend een zakdoekje voor.

'Hé, zeg jij ook eens wat!' zei Lisa tegen Sprotje, die de hele tijd zwijgend van haar melk had zitten drinken.

Sprotje zette haar beker op de grond, keek om zich heen – en haalde haar schouders op. 'Ik vind dat Kim gelijk heeft,' zei ze.

Lisa staarde haar ongelovig aan. 'Wat? Maar... maar hoe moet het dan met de Wilde Kippen?'

215

'Nou, wij zíjn de Wilde Kippen,' antwoordde Sprotje. 'Dat geheime gedoe, dat gezeur met stinkbommetjes, die geheimtaal, dat is toch allemaal niet zo belangrijk. Oké, ik zou ook best willen weten waar de Pygmeeën hun nieuwe boomhut bouwen, maar ik heb eerlijk gezegd niet veel zin meer om urenlang achter ze aan te zitten. Ik vind het veel leuker om samen een groentetuin aan te leggen of de stal uit te mesten of hier gewoon maar wat te liggen kletsen. Ik wil zelfs de hele middag naar Melanies slijmmuziek luisteren, als we maar bij elkaar zijn.'

'Maar dan...' Lisa keek onzeker om zich heen, '...dan zijn we toch geen echte club meer?'

'Natuurlijk wel,' zei Melanie, die een kussen in haar rug stopte. 'We zijn nog nooit zo'n goeie club geweest, vind ik. En of het geheime woord voor de kippenstal "scheikundelokaal" of "schoolplein" is, dat maakt toch geen bal uit!'

Lisa keek beteuterd naar haar kopje.

'Ach joh.' Roos gooide een kussen naar haar hoofd. 'Bedenk gerust nog meer codewoorden. Als we ze maar niet allemaal uit ons hoofd hoeven te leren, oké?'

'Precies,' zei Melanie. 'En ik wil ook dolgraag weten waar de nieuwe boomhut van de Pygmeeën is. Dus je moet ook nog maar even doorgaan met spioneren.'

'Nou, dan is het goed,' mompelde Lisa. Ze grijnsde. 'Ik ga wel achter Steve aan. Die is heel makkelijk te schaduwen.'

'Mooi, geregeld!' Sprotje liet zich met een diepe zucht achterover vallen. 'Alles is geregeld. Mijn oma kan de kippen de kop niet meer afhakken, de Wilde Kippen hebben het mooiste clubhuis van de wereld en mijn moeder heeft het nog maar

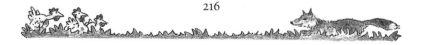

eens in de vier dagen over Amerika. Nu hebben we nog maar één probleem.'

'En dat is?' vroeg Roos.

'Melanies pukkels,' zei Lisa, en daarvoor kreeg ze alweer een kussen naar haar hoofd.

'Er zitten verse krabsporen op het kippenhok,' antwoordde Sprotje. 'En er liggen verdachte drollen.' Ze tekende met een vinger een vos in de lucht.

'O jee!' kreunde Kim.

'Ik heb gisteren gedroomd dat we hier aankwamen en dat alle kippen weg waren,' zei Roos. 'Er lagen alleen nog overal veren, en het was onze schuld, want wij hebben de kippen hierheen gehaald.'

'Overdrijf niet zo zeg,' zei Melanie. 'Zonder ons hadden ze allang geen veren meer gehad, en ook geen kop meer.'

'Ja, maar toch,' zei Kim met een blik op de rij foto's aan de muur. 'Dit is echt wel een probleem. Wie gaat dat oplossen?'

Oma Bergman loste het op.

Ze belde op zondagochtend, toen Sprotje het ontbijt-op-bed opruimde en haar moeder onder de douche stond.

'Godallemachtig, wat is er met jullie telefoon aan de hand?' tetterde ze in Sprotjes oor. 'Óf dat antwoordapparaat piept in mijn oren, óf jullie zijn in gesprek. Ben je nu soms op die irritante leeftijd dat je urenlang met je vriendinnen zit te bellen, ook al heb je ze net op school nog gezien?'

'Mama wordt op het moment nogal veel gebeld,' antwoordde Sprotje. Die ochtend hadden er al drie mannen op Lisa's advertentie gereageerd. Sprotjes moeder nam al niet meer op. 'Mannen die zondagochtend vóór twaalf uur opbellen komen sowieso niet in aanmerking,' had ze gezegd.

'Hoezo wordt ze veel gebeld?' vroeg oma Bergman bars.

Sprotje stak haar tong naar de telefoon uit. 'Geen flauw idee,' antwoordde ze. Haar moeder had O.B. natuurlijk niets over de advertentie gezegd. Waarom zou ze? Er hadden zich intussen al heel wat mannen bij de rijpe taxichauffeuse gemeld, maar tot Lisa's grote teleurstelling had Sprotjes moeder

met geen van hen een afspraak gemaakt. Lisa wilde alles over de bellers weten, maar Sprotje hield zich aan haar belofte en vertelde de andere Kippen niets meer over het liefdesleven van haar moeder. Nou ja, bijna niets meer. Ze probeerde er zelf ook niet al te veel over na te denken. Haar moeder sprak aan het ontbijt nog steeds Engels en in haar nachtkastje lagen, naast een roze babysokje van Sprotje, twee vliegtickets naar New York, voor de voorjaarsvakantie. Sprotje had al drie keer gedroomd dat ze op een school zat waar ze niemand kon verstaan.

'Het gaat mij natuurlijk ook niets aan wat mijn dochter uitspookt,' zei oma Bergman korzelig. 'En denk nou maar niet dat ik bel omdat ik het huis- en tuinverbod wil opheffen. Niets daarvan. Ik heb een hond aangeschaft en ik wil weten of jij hem kunt uitlaten.'

Sprotje gaf geen kik. Ze moest haar oma verkeerd verstaan hebben.

'Ben je er nog?' kraste O.B.

'Ja...' hakkelde Sprotje.

Haar oma liet haar niet uitpraten. 'Ik betaal je natuurlijk voor het uitlaten,' zei ze. 'Met sla en groente. Je hebt immers groenvoer nodig voor die taaie ouwe kippen van je. Of hebben de vossen ze al opgegeten?'

'Nog niet,' antwoordde Sprotje. Een hond. 'Wat is het er voor een?' vroeg ze.

'Vier poten, een staart, twee oren en een bek vol tanden,' antwoordde oma Bergman. 'Nu jat er nooit meer iemand iets uit mijn tuin. Met dat domme pistool maak je nog geen kind bang, zoals we gezien hebben. Dus... laat je hem uit?'

Sprotje likte langs haar beugel. Zou dit een truc zijn? Een heel gemene truc, om haar naar oma's huis te lokken en dan... Dan wat?

'Krab niet zo aan die deur!' hoorde ze haar oma mopperen. Op de achtergrond jankte een hond.

Hij jankte zoals honden janken als ze naar buiten moeten of iets te eten willen.

'Ik kom eraan!' riep Sprotje. 'Ik ben zo bij je.' En voor haar oma nog iets kon zeggen smeet ze de hoorn op de haak. Ze glipte in haar schoenen en griste haar jas van de kapstok.

Ze stak haar hoofd om de deur van de badkamer. 'Ik ga even naar oma!' riep ze.

'Ik dacht dat je huis- en tuinverbod had!' riep haar moeder haar verbaasd na, maar Sprotje was de deur al uit.

De hond stond door de spijlen van het tuinhek te kijken. Hij was een kruising van minstens drie rassen. Toen Sprotje van haar fiets stapte, begon hij met zijn staart te kwispelen, maar hij maakte geen geluid.

'Ze blaft niet!' mopperde oma Bergman, die net naar buiten hinkte. 'Blaft gewoon niet. Hoe moet ze dan ooit inbrekers verjagen? Ik had toch een reu moeten nemen, maar die domme gans in het asiel heeft me overgehaald.'

De hond stak haar smalle snuit door het hek en snuffelde aan Sprotjes knie. Toen Sprotje op haar hurken ging zitten en haar hand naar het beest uitstak, likte ze aan haar vingers. Sprotje moest lachen. Het kietelde.

'Vanmorgen toen de vuilnisman kwam,' klaagde O. B. weer, 'gaf ze ook al geen kik. Stond gewoon vriendelijk met haar

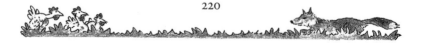

staart te kwispelen. Die hond van Bolhuis blafte bijna zijn tong uit zijn bek toen ze zijn vuilnisbak meenamen. Maar jij?' Geërgerd keek ze op de hond neer. 'Hoe leer je een hond blaffen?'

Ze kroelde de hond achter haar oren, pakte haar bij de halsband en klikte de lijn vast.

'Dat kan toch nog komen,' zei Sprotje terwijl ze overeind kwam. 'Ze moet eerst nog aan alles wennen.'

'Laten we het hopen,' mompelde O. B. 'Ze heeft in elk geval een gezonde eetlust. Hoe gaat het met jou?' vroeg ze zonder Sprotje aan te kijken.

'Goed,' antwoordde Sprotje. Ze klakte met haar tong naar de hond.

'En met je moeder?'

'Ook goed. Ze heeft tickets voor Amerika gekocht. Voor in de lente.'

'Amerika? Ik dacht dat ze geen geld had?' Oma Bergman trok de hond aan de kant en maakte het tuinhek open.

'Hier,' zei ze. Ze gaf Sprotje de hondenriem. 'Als mijn voet weer beter is laat ik haar zelf wel uit. Maar met die kruk trekt ze me omver.'

'Ze is behoorlijk sterk, zo te voelen.' Sprotje sloeg de lijn een paar keer om haar pols. De hond sprong opgewonden om haar heen. 'Ik kan denk ik het beste met de fiets gaan,' zei Sprotje. 'Dan kan ze even flink rennen.'

'Als ze niet snel gaat blaffen, breng ik haar terug,' bromde oma Bergman, leunend op haar tuinhek. 'Als jij haar tenminste niet voor die tijd van me steelt.'

Sprotje werd rood. 'Hoezo?' Ze keek haar oma aan. 'Ga je

haar slachten als ze niet blaft?'

Daar moest zelfs oma Bergman om glimlachen. 'Net je moeder,' zei ze, terwijl de hond aan Sprotjes pols stond te trekken. 'Die wilde haar konijnen ook altijd houden tot ze van ouderdom doodgingen.'

'Aardig van haar toch?' zei Sprotje. Ze sprong op haar fiets en aaide de onrustige hond over haar rug. 'Hoe heet ze?'

Oma Bergman haalde haar schouders op. 'Bedenk jij maar een naam voor haar. Dat doe je toch zo graag? Het is een wonder dat je de spruitjes geen namen geeft.'

'Voorlopig noem ik haar Bella,' zei Sprotje. 'We moeten toch iets tegen haar zeggen?'

Haar grootmoeder draaide zich om. 'Maak haar maar goed moe,' zei ze over haar schouder. 'Ik word er helemaal gek van als ze de hele tijd om me heen draait. Misschien moet ik haar maar gewoon in de kippenren stoppen zolang ik nog geen nieuwe kippen heb.'

'Hoor je dat? Fijn vooruitzicht hè?' fluisterde Sprotje. Ze duwde haar fiets naar de weg en begon voorzichtig te fietsen. De hond ging er zo snel vandoor dat ze Sprotje bijna omver trok.

'Hé, niet zo hard!' riep Sprotje. Ze stuurde haar fiets zo dat de hond naast haar kwam te lopen. 'Weet je wat we doen, Bella? We gaan naar een prachtige caravan. Daar stel ik je voor aan eèn stel kippen. Een paar mét en een paar zonder veren. Dan plas je een paar keer tegen het kippenhok, zodat de vossen zich vannacht een ongeluk schrikken en nooit meer terugkomen. En daarna gaan we oefenen met blaffen, oké?'

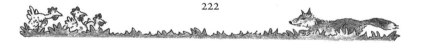

De hond rende zo hard, het was alsof ze wist waar ze naartoe gingen.

Ik ga elke dag met haar naar de caravan, dacht Sprotje, misschien mag ik haar ook wel een keer een nachtje bij me houden. Die vos verjagen we wel. En toen dacht ze nog: is Melanie eigenlijk bang voor honden?

Lees ook de eerste twee delen over de Wilde Kippen Club

Avonturen kun je niet plannen, zoals ballet of zo. Maar je kunt wel iets doen om het lot een handje te helpen. Daarom begint Sprotje samen met haar vriendinnen een club. Een club met een eigenwijze naam, met clubgeheimen en een kippenveertje als herkenningsteken.

En dan komen de avonturen vanzelf. Avonturen die alles te maken hebben met de Pygmeeën, de club van vier jongens uit hun klas, gezworen vijanden van de Wilde Kippen...

Sprotje, Roos, Melanie en Kim gaan een week op schoolreis. Met de hele klas naar een jeugdherberg op een Waddeneiland. Op zo'n plek hoef je niet lang te wachten op een avontuur. Zeker niet als de jongens van de Pygmeeën ook mee zijn.

Maar het vreemde gelach dat ze 's nachts horen, en de geheimzinnige voetsporen – zitten de Pygmeeën daar ook achter? Of klopt er toch iets van het verhaal dat er een geest ronddoolt over het eiland?